JN006572

フェルディナント・フォン・シーラッハ

酒寄進一 訳

GOTT

Ferdinand von Schirach

東京創元社

目　次

神

〈登場人物〉

倫理委員会委員長
リヒャルト・ゲルトナー
ブラント……………………眼科医
ビーグラー…………………弁護士
ケラー………………………倫理委員会委員
リッテン……………………法学の参考人
シュペアリング……………医学の参考人
ティール……………………神学の参考人

〈場所〉

ベルリン、ブランデンブルク科学アカデミー、ライプニッツの間

〈会議時間〉

約九十分及び休憩

ティール司教以外の役は性別を問わない。

「哲学的問題で本当に深刻なのはひとつだけだ。自殺である」

アルベール・カミュ『シジフォスの神話』

ドイツでは、かつてナチスによって優生学思想を背景とする「安楽死（Euthanasie）」がおこなわれていたことの反省から、安楽死という用語に代わって「臨死介助（Sterbehilfe）」が用いられている。（編集部）

第一幕

第一幕

ドイツ倫理委員会の討論会会場。委員長、ゲルトナー、ブラント、ケラー、ビーグラー、リッテン、シュペアリング、ティールが舞台にいる。机にはマイクが載っている。出席者全員の前にファイルとノートパソコンないしはタブレットがある。

委員長（観客に直接）みなさん、これより倫理委員会主催の討論会をひらきます。これは公開討論会です。おいでいただき痛み入ります。このたび当委員会は独自に結論をだすことになりました。議題はリヒャルト・ゲルトナー氏の申請についてです。ゲルトナー氏にもおいで願っています。

委員長はゲルトナーにうなずく。

ちなみにゲルトナー氏は医薬品医療機器連邦研究所にペントバルビタールナトリウム剤を致死量分処方するように申請しています。ペントバルビタール剤は国外の臨死介助団体が使用している医薬品です。ゲルトナー氏は自ら命を絶ちたいと望んでいます。問題は、ゲルトナー氏が不治の病にかかっているわけでも、苦痛に苛(さいな)まれているわけでもなく、完全に健康体であるという点です。同研究所はペントバルビタールナトリウム剤の引き渡しを拒絶しました。そこでゲルトナー氏は、ホームドクターに自殺幇助(ほうじょ)を求めました。以上が現在までの経過です。さて、みなさん、問われていることは明白です。これ以上生きることを望まず、自殺したいと訴えている人にどう対処すべきかということです。ドイツ連邦憲法裁判所は先日、ゲルトナー氏のような人が求める権利を保障するという判決を下しました。したがって臨死介助の規制についてきわめてリベラルな対応をしたことになりますが、かといって社会一般で議論が尽くされたとはお世辞にもいえないでしょう。むしろその逆です。医師による自殺幇助について、ここドイツでは法的には解決したものの、倫理的問題はまだ残っています。医師は自殺幇助をすべきかという問題です。きょうはそのことについて議論したいと思います。

ビーグラー　自死です。

委員長　なんですって？

ビーグラー　「自死」というべきです。「自殺」ではありません。自分自身を死に至らしめることは殺人ではありませんから。

委員長　いいでしょう。わかりました。さて、この問題にどういう決断を下すべきでしょう。医師は自死の幇助をすべきか？　それは倫理的に正しいのか？　そのことについて議論したいと思います。ゲルトナー氏と顧問弁護士のビーグラー氏とホームドクターに来てもらいました。また三人の参考人に同席してもらっています。

言及された人々が会釈する。

ベルリン自由大学法学部のリッテン教授、ドイツ連邦医師会のシュペアリング教授、ティール司教の御三方です。

（観客に）みなさんには、倫理委員会のメンバーとして判断をしてもらいます。のちほど行われる投票では分別をもって正しく行動してください。なにか質問はありますか？

委員長は観客を見る。つづいて、ブラント、ゲルトナー、ビーグラーに視線を向ける。
彼らは首を横に振る。

よろしい。では、はじめましょう。
ゲルトナーさん、前に出てきていただけますか？

ゲルトナーは前に出て、着席する。

委員長　あなたの件をこのように公開し、説明していただけることに感謝します。
ゲルトナー　本当はしたくないのですが。
委員長　すみません。なにをしたくないのですか？
ゲルトナー　説明です。
委員長　わかります。しかし本件に関する事情を理解したいのです。ですから、ゲルトナーさん、あなたが抱えている問題を教えていただけませんか？
ゲルトナー　わたしは死にたいのです。
委員長　なぜですか？　わたしの知るかぎり、あなたは病気にかかっているわけではありませんよね？

ゲルトナー　痛風を病んでいることを除けば、いたって健康です。

委員長　それなら、なぜ死にたいのですか？

ゲルトナー　生きていたくないからです。

委員長　その点を説明してくれますか？

ゲルトナー　あまりしたくないのですが。

ビーグラー　（ゲルトナーに）リヒャルト、すこしは話さないと。

ゲルトナー　ああ、わかった。わたしは七十八歳です。結婚して四十二年になります。エリーザベトは三年前に他界しました。

委員長　エリーザベト？

ゲルトナー　妻です。

委員長　死因は？

ゲルトナー　脳腫瘍（のうしゅよう）でした。卓球のボールくらいの大きさがありました。病院で死にました。

委員長　お悔やみ申しあげます。あなたはどんなお仕事をしていたのですか？

ゲルトナー　建築家です。自営業でした。

委員長　引退したのはいつですか？
ゲルトナー　エリーザベトが死んだあとです。
委員長　お子さんはいますか？
ゲルトナー　息子がふたりいます。ひとりは連邦議員で、もうひとりは建築家です。それから孫が三人います。
委員長　ご家族はあなたが死にたがっていることを知っているのですか？
ゲルトナー　もちろん、子どもたちは知っています。
委員長　それで？
ゲルトナー　エリーザベトが死んでから何度も話し合いました。すべて話し尽くし、子どもたちはわたしの死を受け入れてくれました。孫は別です。まだ小さすぎますから。
委員長　奥さんが亡くなって、なにが変わったのでしょうか？
ゲルトナー　すべてです。
委員長　もうすこし具対的に教えてくれませんか？
ゲルトナー　エリーザベトとわたしは、さまざまな慈善団体や文化団体のメンバーでした。コンサートや観劇やレセプションにいつもいっしょに出かけました。ふたりで旅をし、世界中を見てまわりました。妻の死後、そういうことはすべてやめました。ひとりではやる気になれないからです。妻は欠かせない存在でした。目を覚ましたときも、眠りにつくときも、妻はいないのです。わたしのやることなすことに妻が欠けているのです。妻はいなくなり、わたしだけが残っている。納得できません。

委員長　もう人生に意味が見いだせないということですか？　お孫さんがいてもですか？

（間。それから小声で）四十二年の長きにわたって、夫婦だったのに。

ゲルトナー　はい。孫のことは愛しています。しかし、孫がはたして理解してくれるかどうかわかりませんが、エリーザベトが死んでから、わたしは半身をもがれたような感じなのです。

委員長　治療は受けましたか？

ゲルトナー　どういう意味でしょうか？

委員長　カウンセラーに相談したとか？

ゲルトナー　ああ、そのことですか。ええ、相談しました。二年間試しましたが、しゃべってもなんの役にも立ちませんでした。薬をのむよう勧められましたが、そこまでする気にはなれません。とにかく安らかに死を迎えたいのです。

委員長　なるほど。どなたかゲルトナーさんに質問はありますか？　ビーグラー弁護士、いかがですか？

ビーグラー　（直接ゲルトナーに）他の人と同じように普通に死を待つことはできないのですか？

ゲルトナー　さっきもいったように、生きる意味が見いだせないのです。まったくもって見つけられません。それに病院に入院して、チューブをくわえさせられ、唾液（だえき）を吸われるのなんてごめんです。認知症になるのもまっぴらです。わたしはまっとうな人間として死にたいのです。

ビーグラー　エリーザベトがどのように亡くなったか話してくれませんか。

ゲルトナー　いやです。

ビーグラー　病院で亡くなったんですよね。

ゲルトナー　ええ。

ビーグラー　苦しんだのですか？

ゲルトナー　一年半苦しみました。

ビーグラー　苦痛、転移、転倒による骨折、錯乱（さくらん）、絶望。自分もそうなるのではないかと恐れているのですね。

ゲルトナー 妻は本当に哀れでした。
ビーグラー たしか奥さんは最後に自分を救済してくれと医師に頼んだのですよね？
ゲルトナー 救済。妻ははっきりそういいました。信仰心が篤いので。
ビーグラー 薬をもらえたのですか？
ゲルトナー いいえ、苦しみを終わらせる薬をくれと妻に頼まれましたが、わたしにはできませんでした。手に入れる方法がわからなかったからです。その後、医師が大量のモルヒネを投与しました。
ビーグラー 奥さんは安らかに亡くなったのですか？
ゲルトナー （間）わかりません。本当にわからないのです。それがつらくて。わたしが三十分ほど席をはずしているあいだに、妻は死にました。わたしが戻ったときには死んでいたのです。もう訊かないでください、ビーグラー弁護士。
ビーグラー わかりました。しかしもうひとつだけ質問させてください。あなたはなぜここに来たのですか？
ゲルトナー そのことはさんざん話し合ったでしょう。
ビーグラー ここで説明してください。
ゲルトナー エリーザベトはずっと政治に関心を持ちつづけ、この国の行く末をあらゆる面で気にかけていました。多額の遺産を受け取っていて、慈善団体に寄付していました。死ぬ直前、妻は病院で「正しいことをするのよ」とわたしにいったのです。わたしは妻が遺した言葉についてずっと考えてきました。

ビーグラー　奥さんの言葉をあなたはどう理解したのですか？

ゲルトナー　エリーザベトはわたしのことをよくわかっていました。妻が死んだら、わたしに生きつづける気がないことを知っていたと思います。ですから、わたしがなにかを変えるべきだといったのだと思っています。スイスに行って安楽死するのは安直でしょう。安直すぎる、とエリーザベトはいったはずです。これはすべての人に関わる問題だ。だからすべての人のためになにかをしろと日頃からいっていました。

ビーグラー　自死はあなたの問題にとどまらないというのですね？

ゲルトナー　ええ、そうです。エリーザベトはこの問題で苦しみ抜き、いまはわたしもそのことで苦しんでいます。わたしがそこに一石を投じることを、妻は望んでいたのでしょう。そういうわけで、わたしはこの場にいるのです。そうです。わたしが死にたいと望んでいることをみんなに理解してもらいたいのです。わたしのような人間を助けていただきたいのです。わたしは死にたい。それは不道徳なことではありません。わたしのエゴでも、病的な考えでもないのです。

ビーグラー　ありがとうございます。質問は以上です。
委員長　では席に戻ってください、ゲルトナーさん。ありがとうございました。難しい問題なのはわかっています。

ゲルトナーは自分の席に戻る。

ゲルトナー　（委員長のほうを向く）本当に？
委員長　ブラント医師、よろしいですか？

ブラントは起立すると、机へ歩みよって着席し、書類を広げる。

委員長　ブラントさん、ゲルトナーさんはあなたの患者ですね？
ブラント　そのとおりです。
委員長　あなたは眼科の開業医ですね。まちがいないですか？
ブラント　はい。
委員長　患者が眼科医に自死の幇助を求めるというのはいささか奇異に思えるのです

が。

ブラント　たしかにそうです。ゲルトナーさんはわたしの患者になってもう二十年以上になります。目の手術を施してから信頼関係ができたのです。本来わたしの役目ではないのですが、ホームドクターのような役割を担い、専門医の紹介などをしてきました。

委員長　なるほど。そしてゲルトナーさんから自死する手伝いをしてくれと頼まれたのですね？

ブラント　二年前にはじめて相談を受けました。奥さんが亡くなられて一年後のことです。委員長のおっしゃったとおりです。ゲルトナーさんはしかるべき医薬品を医薬品医療機器連邦研究所から提供してもらうことを望みましたが、希望は却下され、わたしのところへ相談に来ました。それから幾度となく議論しました。ゲルトナーさんを翻意させることはできませんでした。

委員長　ゲルトナーさんが自死を希望していることについて、どうお考えですか？

ブラント　倫理委員会がわたしに代わって個人の判断をすることができないと、承知しています。まず自死の幇助を行いたいとは思いません。他の医師が患者の自死を手伝うことも倫理的に正しいかどうか疑問に思っています。

委員長　なるほど。それは問題ですね。ではみなさんがよければ、参考人の意見を聞いてみましょう。
ビーグラー　待ってください。
委員長　ブラント医師に質問があるのですか？
ビーグラー　（委員長に）はい。
（ブラントに）ブラント先生、ゲルトナーさんを診察しましたか？
ブラント　はい。
ビーグラー　ゲルトナーさんは、本人がいっているように健康ですか？
ブラント　まったくの健康体です。
ビーグラー　精神面もそうでしょうか？　ゲルトナーさんは自分がしようとしていることを理解していますか？
ブラント　はい。
ビーグラー　ゲルトナーさんは精神病を患（わずら）っていますか？　うつ病とか？
ブラント　いいえ、ただ悲嘆に暮れているだけです。

ビーグラーは立ち上がり、ブラント医師の席まで行き、目の前に一枚の紙を置く。そのあとそのコピーを委員長の前に置く。

ビーグラー　これは鑑定書です。一通は臨床心理士、もう一通は精神科医によるものです。

ブラント　（鑑定書に目を通す）わたしがいったとおりのことが書かれていますが。

ビーグラー　この二通の鑑定書によると、ゲルトナーさんには精神疾患もなければ、精神障害もないと判定されています。つまり自分の価値観で生きることは阻害されていないのです。

ブラント　はい。そのとおりです。わたしもそう考えています。

ビーグラー　この二通の鑑定書の正当性に疑うべき点はありますか？

ブラント　とんでもない。鑑定人のひとりとは個人的に知り合いです。経験豊富な方です。もうひとりの鑑定人も名前を知っています。高い評価を受けている方です。

ビーグラー　ありがとうございます。あなたがおっしゃったように、ホームドクターとして、ゲルトナーさんの希望が第三者から影響を受けたものだという認識を持っていますか？

ブラント　ゲルトナーさんの性格からして、それはありえないでしょう。そうは見えないかもしれませんが、ゲルトナーさんは自意識が強く、なにごとも自分で決める方です。代議士をしている息子さんを知っていますが、ゲルトナーさんはその息子さんの説得も聞き入れませんでした。

ビーグラー　もうひとつ質問があります。

ブラント　どうぞ。

ビーグラー　自死する以外の方策についてゲルトナーさんと話し合いましたか？

ブラント　どういう意味でしょうか？

ビーグラー　ゲルトナーさんは、確実に命を絶つ方法が他にあるかどうか、あなたに質問しましたか？　医師の介助なしに命を絶つ方法があるかどうかをです。

ブラント　それはやめたほうがいいと伝えました。

ビーグラー　なぜですか？

ブラント　わたしは大学病院の救急医療センターに何年も勤務した経験があります。毎日のように自殺未遂者を見てきました。

ビーグラー　どのようなことをご覧になったのですか？

ブラント　首つり自殺を例にしましょう。警察の統計によると、自殺者総数の半数以上が首つり自殺を試みますが、失敗することが多々あります。道具が、この場合ロープですが、数分で切れてしまうことがあります。それからドアノブや梁などロープを引っかけたものが曲がったり、折れたりすることもあります。結局、死にきれず、身体的、心理的に回復不能な重度の障害を負うことがよくあります。他の方法も失敗することがあります。

ビーグラー　たとえば？

ブラント　高層ビルから飛び降りて、半身不随になることがあります。自動車事故で死のうとした場合、他の人を傷つけたり、死亡させたりすることがあります。あるいはピストル自殺をしようとして、下顎を銃弾で粉砕して……

ビーグラー　（話を遮る）……ありがとう。質問は以上で終わります。

委員長　ありがとうございます。では参考人の意見を聞きましょう。（手元の書類をめくる）まずリッテン教授にお願いしましょう。

リッテンが立ち上がって、参考人の席へ行く。

委員長　おいでくださりありがとうございます。

リッテン　どういたしまして。

委員長　これは公開討論会です。簡単に自己紹介していただけますか？

リッテン　名前はモニカ・リッテン。ベルリン自由大学の憲法学教授です。

委員長　過去に連邦議会のために何度も法律鑑定をし、ドイツ国法学者協会の会長を何年も務めていますね。

リッテン　そのとおりです。

委員長　それにブランデンブルク州憲法裁判所の裁判官でもある。

リッテン　たしかにそうです。

委員長　（観客に）みなさん、倫理委員会の役目は、今回の問題を公（おおやけ）にし、公共の場でのディスカッションに資（し）することにあります。しかし参考人が長時間講演をしても、門外漢には退屈なだけということを過去から学んでいます。今回の討論会はインターネットでも配信し、一般の方々に問題点をわかりやすく明らかにしたいと思っています。そのため問題点を長々と列挙するのはやめて、さっそく質疑に入ることにします。そこでこのように進めたいと考えています。当委員会の長年のメンバーであるケラーさんにまず質疑していただきます。ケラーさんも医師であり、当委員会のこれまでの会議では医師による自死の介助に反対の立場を表明しています。それに対して、次はゲルトナーさんの側からビーグラー弁護士に質疑に立っていただきます。

（ケラーに）ケラーさん、どうぞ。

ケラー　リッテン教授、ドイツにおける臨死介助の法的状況を説明していただけますか？

リッテン　わたしたちの法においては、自死自体は犯罪行為ではありません。殺人はつねに他者の死を前提とします。自死や自死未遂の場合、介助者を罰しうるか、そしてどのように罰せられるかという点だけが問題になります。

ケラー　それは介助者がどのような行為をしたかによるのですよね？

リッテン　そうです。また臨死介助には積極的な場合と間接的な場合があり、自殺幇助とも区別されます。以前は消極的臨死介助という概念もありましたが、いまは治療中断と呼んでいます。

ケラー　もうすこし詳しく説明してもらえますか？

リッテン　積極的というのは、死を望む者に積極的に死をもたらすことをいいます。たとえば医師が致死量の医薬品を注射する場合ですね。これは禁じられています。いわゆる嘱託（しょくたく）殺人に該当します。治療中断の場合、医師は延命措置をやめます。あるいは施術中の措置を打ち切ります。患者の意志、たとえば事前医療指示書がある場合に限って許可されています。間接的な臨死介助は、命を縮める効果のある医薬品を投与することと。不治の病の患者の苦痛をモルヒネで緩和(かんわ)する場合がそれです。しかしモルヒネは一定量を超過すると、命を縮めます。ただし患者がそれを望む場合は、これも許されます。

ケラー　では自殺幇助は？

リッテン　ドイツの刑法典は、百四十五年以上前の一八七二年、つまりビスマルク時代に効力を発しました。刑法典では自殺幇助を禁止していません。そして法治国家では、法律が禁じていないことは許されます。しかしドイツ連邦憲法裁判所はおよそ四十年前、自殺幇助は罰せられないが、幇助者は自殺希望者を救助しなければならないという判決を下しました。

ケラー　よくわからないのですが。

リッテン　少々乱暴ですが、例を挙げましょう。首つり自殺をしようとしている夫に妻がロープを与えるとします。夫が首つり自殺を実行し、梁からぶら下がった場合、妻はロープを切らなければなりません。それをしなかった場合、救助の不作為、つまり救助義務を怠(おこた)ったことで訴追されます。夫にロープを渡したあとにその場を離れてもだめです。助けに戻ることができないほど遠くに離れていた場合を除いて。

ケラー　ナンセンスではありませんか。

リッテン　ええ、そのとおりです。この判例は大半の法学書において支持されていません。はっきりいって時代遅れです。いまは協力者がこうした状況で起訴され、有罪になることはないと思います。ただし絶対とはいえません。
ケラー　つまり自殺しようとしている人にピストルを与える一方で、即死しない場合は救わなければならないということですね。自殺する本人が望んでいないのに。そしてその人から撃ち殺してくれと頼まれても、それは許されない。
リッテン　ええ、法的にはそのとおりです。しかしあいにく、そう簡単にはいかないのです。二〇一五年に新しい条文ができました。
ケラー　どのような条文でしょうか？
リッテン　新しい規定である刑法典第二一七条において、以下の者は罰せられることになります。引用します。
「他者の自殺を支援することを意図して、当該他者に対し、業（ぎょう）として自殺の機会を与え、創出または仲介する者」
ケラー　どういう人が該当するのでしょうか？
リッテン　臨死介助団体と緩和医療専門医です……
委員長　（口をはさむ）緩和医療専門医という概念について、委員会メンバーに説明していただけませんか？　メンバーは必ずしも医師ではないので。
リッテン　末期患者つまり余命幾ばくもない患者を治療する医師のことです。
ケラー　ありがとうございます。
リッテン　この法律によれば、近親者が自死の幇助をすることは認められています。しかし臨死介助団体や緩和医療専門医には認められていません。これはドイツの憲法と矛盾する点です。憲法における一般的人格権は自らの死を決める権利を含みます。国民には自ら命を絶ち、第三者に介助を求める自由があるのです。その判断は自立した自己決定行為として尊重されます。そこでドイツ連邦憲法裁判所は二〇二〇年二月、二一七条を違憲としました。
ケラー　憲法は同時に国民を保護するのではありませんか？
リッテン　なにからですか？　自分の命を絶つ権利は、いま申しあげたように人間の自由権です。
ケラー　臨死介助団体から守るといいたかったのですが。つまり人間を自殺へと誘導することで利益を得ている企業のことですが。
リッテン　そういう心得違いをした企業を営業停止にするのは立法者の責務です。しかしスイスの臨死介助団体は公益団体です。利益を追求しているわけではありません。

ケラー　それでは、立法者は禁じることができないのですか？
リッテン　できません。
ケラー　できないのですか？
リッテン　立法者は調整することはできても、禁じることはできません。
ケラー　それでも本気で死にたいと思っているか確かめることはできますよね。その希望が一過性のものでないかどうかとか。
リッテン　ええ、もちろんです。国家には確認する義務があります。臨死介助団体が信頼しうるかどうかを検査する必要があります。国家は患者に対する啓蒙（けいもう）と監視を団体に義務づけることができます。「十全な助言」も義務づけられます。
ケラー　しかしそうだとすると、立法者は不治の病にかかっているかどうかとは関係なく自死を認めることになりますね？
リッテン　そのとおりです。
ケラー　質問を変えると、ゲルトナーさんには死ぬための医薬品を求める権利があることになるのですか？
リッテン　ええ、その権利はあります。といっても、介助するかどうかは医師の裁量に任されています。

ケラー　ショックです。他の国では、臨死介助はどのように規制されているのですか？

リッテン　医師による臨死介助が認められているオランダでは、医師は報告を義務づけられています。医師は法的基準をすべて遵守(じゅんしゅ)したことを申告する義務があります。申告書は検査機関のチェックを受け、疑わしい場合は検察局に通知されます。

ケラー　刑法というのは、わたしたちの生命を守るものだと思っていました。

リッテン　それは合っています。責任を問われるような自死の幇助は厳罰に処されます。しかし法秩序が国民に干渉することは許されていません。

ケラー　自殺を幇助するのは国の使命ではありませんよね。

リッテン　そう思います。しかし問題はそこではないのです。死を望む者を援助しようとする医師に対して、国は介入していいのかということが問われているのです。

ケラー　しかし放っておいていいものでしょうか？　自分の意志を押し通し、医師による介助で命を絶ってもいいことになったら、失恋した十八歳の少女や失業して人生に絶望した二十歳の若者でも、医薬品を求めることができるようになりますよ。

リッテン　困惑するかもしれませんが、法的には生きることは義務ではないのです。自由な立憲国家において、そういう義務は存在しません。自由意志を重視するなら、あなたがおっしゃるとおりです。自死を望むのが健康な若者であろうと、病気を抱えた老人であろうと違いはありません。むろんどんなケースでも、自由意志による決断であることを確認する必要があります。たとえば精神病患者の場合は除外されます。

ケラー　その考えが通るなら、未成年でも自ら命を絶ってかまわないことになりますよ。

リッテン　ベルギーには、その点で非常にリベラルな法律があります。二〇一四年から未成年者も医師に介助してもらって自死ができるようになっています。

ケラー　なんですって？　実際にそういう事例が起きているのですか？

リッテン　二〇一六年と二〇一七年合わせて三件。

ケラー　子どもの年齢は？

リッテン　正確には児童がふたりと青年がひとり。九歳、十一歳、十七歳です。

ケラー　本当に許可されたのですか？

リッテン　三人の未成年者は不治の病にかかっていました。ひとりは悪性の脳腫瘍、もうひとりは代謝性疾患である嚢胞性線維症（のうほうせいせんいしょう）、三人目は筋ジストロフィー。生きていることは苦痛でしかなく、死を望んだのです。もちろん両親や医師団にも参考意見を聞きます。両親と医師団の同意が大前提です。

ケラー　他の国にもそういう法律があるのですか？
リッテン　オランダとルクセンブルクにあります。
ケラー　それでは際限がなくなるではないですか。恐ろしい。
リッテン　ベネルクス三国は、わが国と同じ法治国家です。わたしたちがここで行っているような議論が戦わされましたし、いまでも戦わされています。
ケラー　しかし医師が介助するようになったら、やがてとんでもないことになりますよ。わたしたちは過去に経験済みです。ナチ時代の安楽死を思いだしてください。
リッテン　ナチはヨーロッパ各地で身体障害者、精神障害者を三十万人殺害し、四十万人を超える男女に断種手術を施しました。一九三九年からは遺伝的疾患、精神障害、身体障害を抱えた乳児と児童一万人が、いわゆる「小児科」で殺害されました。背景には「人種衛生学」という狂気の発想がありました。それは「価値のない命」の抹殺だったのです。本人の意思に反する残虐な殺人以外の何物でもありません。ただ今回の議論とは関係ないですね。
ケラー　関係あると思いますよ。当時もなんら危機感がありませんでした。たとえば心理学者のアドルフ・ヨーストが『死ぬ権利』という本を出版しています。ナチが権力を掌握する三十八年前の一八九五年です。

リッテン　ここで問題になっているのは、まったく別の論点だと思いますが。『死ぬ権利』という本で論じられていたのは、どのような者が死ねば、民族共同体に有益かということでした。問題なのは、他者が決定し、社会に有益な殺人を行おうとしている点です。ここでいま話し合っているのはまったく逆のことです。勇気ある市民の自己決定についてですから。

ケラー　しかし、はじまりはいつでもそういうものです。ナチの安楽死計画に加担した医師たちに対する裁判がかつてありましたね。その裁判に医療顧問として同席したアメリカの医師レオ・アレクサンダーの言葉を、哲学者のローベルト・シュペーマンが引用しています。アレクサンダー医師は一九四九年に、ナチ犯罪に取り組めば、だれでも気づくことがあるといっています。引用します。

「ナチによる犯罪は小さなところからはじまって肥大化した。最初は医師の基本姿勢をさりげなく変化させただけだった。生きる価値がない状況が存在するという安楽死運動の基本的な考え方のニュアンスを変えていった。初期段階では重病者と慢性病者だけが対象だったが、範囲が徐々に拡大され、社会的に生産性のない者、イデオロギー的に望ましくない者、人種的に歓迎されざる者が加えられていった」

引用終わり。

リッテン　死にたいという願望が真のものかどうか、よく考えた末のことか、一時の衝動ではなく、第三者に影響されていないか。そういうことをチェックすることができるのですが。

ケラー　それは違うと思います。医師による自殺の幇助があらゆるケースで認められたら、死はお金で買えることになります。そうなれば、最後には殺人もお金で買えるようになるでしょう。それだけは阻止しなければなりません。

リッテン　それは無理でしょう。人間が死を望むという事実を無視することはできません。先ほどブラントさんが話したとおりです。あるいは線路上の自死。

ケラー　それはどういうものですか？

リッテン　走ってくる列車の前に飛び込むことです。

ケラー　そういう用語があるのですか？

リッテン　ドイツだけでも毎年およそ八百人がそうやって死のうとします。しかしおよそ十パーセントが失敗し、手足を失うだけで終わります。さらに運転手がトラウマを抱えることになります。運転手は直接、激突を体験します。飛び込んだ人間を目にします。自殺者は首が飛び、死体は見るも無惨(むざん)な状態になり、骨も粉々に砕(くだ)けます。

ケラー　想像するだに恐ろしいことですが、それでも医師は健常者の自殺に手を貸すべきではありません。

リッテン　カナダの最高裁判所は二〇一五年に、医師による自死の幇助を法的に禁じるのは、憲法の原則と一致しないため国民の基本的権利を侵害すると判断しました。これは正しいといえます。医師が自死の幇助をするかどうかというのは、法が答えられる問題ではないのです。医師は自分の倫理観に基づいて自分で考えなければなりません。ドイツ連邦憲法裁判所もまったく同じ判断をしています。人が死を望むのは残念なことです。考えを変えるように働きかけるのももちろんいいでしょう。しかしそれがうまくいかないときは、その人の自由な決断を尊重し、受け入れるほかありません。

ケラー　質問を終わります、ありがとうございました。

ケラーは自分の席に戻る。

委員長　ありがとうございました、ケラーさん。ではビーグラーさん、どうぞ。

ビーグラーは机に歩みより、立ち止まる。

第一幕

委員長　どうぞおすわりください。
ビーグラー　立っているほうがいいです。リッテン教授、わたしはビーグラー、弁護士です。すでにお聞き及びのようにゲルトナーさんの代理人です。
リッテン　あなたのことは存じています。
ビーグラー　ほう、それはまたどこで？
リッテン　あなたが弁護した訴訟の多くが、州憲法裁判所で結審していますから。わたしはそこで裁判官を務めています。
ビーグラー　まあ、それが仕事ですので。

委員会メンバーの中から笑い声。

ビーグラー　ところで、いくつか質問があります。
リッテン　どうぞ。
ビーグラー　医師は自分の倫理観に基づいて自分で考えなければならないといいましたね。

リッテン　ええ。
ビーグラー　キリスト教的価値観に基づいて判断されるということですか？
リッテン　それはありうるでしょう。しかし強制されるものではありません。
ビーグラー　説明していただけますか？
リッテン　ドイツの憲法にあたるドイツ基本法第四条はこうはじまります。
「信仰および良心の自由ならびに信仰告白および世界観の告白の自由は、不可侵である」
　さらに第二項があります。
「宗教的活動の自由は、保障される」
ビーグラー　簡単にいうと、どういうことでしょうか？
リッテン　市民はみな、自分の好きなものを信じていいということです。人間はなにを信仰し、どういう世界観を持ってもいいのです。
ビーグラー　キリスト教の神はわたしたちの憲法において特別に保護されていますか？
リッテン　いいえ。神は人格を持ちません。組織でもありませんし、民法で規定されている会社でもありません。法は神に義務を負わせることも、神に権利を与えることもできません。

ビーグラー　つまりキリスト教への信仰は、他の宗教と比べて優先されているわけではないのですね？

リッテン　憲法は宗教に準じるものではありません。ドイツ連邦憲法裁判所はこう表現しています。「特定の信仰の特権」や「異なる信仰の制限」は禁止される。

ビーグラー　わたしたちの国がキリスト教的な価値観に基づいていることはよく耳にしますし、本にも書かれています。憲法にも神が言及されています。前文には「神と人間に対する責任」の下に制定したと書かれています。

リッテン　多くの西欧諸国がそうでしょう。

ビーグラー　国家がキリスト教に帰依(きえ)していることになりませんか？

リッテン　そんなことはありません。憲法の前文で神に言及するのは謙虚さのあらわれだと法学ではみなされています。

ビーグラー　謙虚さ？

リッテン　ドイツ基本法は戦後すぐに起草されました。ナチの独裁国家が再来することを望まなかったからです。

ビーグラー　神とどういう関係があるのでしょうか？

リッテン　全体主義国家は自ら以外に真実はなく、国家はそれを実現するものだと。戦後、ドイツ基本法を生みだした人たちはそれを否定したのです。すべての法律と同じように、憲法もまた悪に感染しやすく、欠点があると彼らは知っていました。国家の秩序に完璧はないのです。人間のすることには限界があると自覚すること、それが謙虚さのあらわれなのです。ですから、憲法の前文に神が言及されているわけです。

ビーグラー　ドイツ基本法はキリスト教を信仰することを国の目標に据えているわけではないのですね。キリスト教国を標榜するわけではないと。キリスト教的価値観についてはあとで司教にうかがいますが、ここで議論している問題はキリスト教的価値観に縛られるわけではないのですね？

リッテン　そのとおりです。

ビーグラー　ありがとうございました。別の角度から質問します。ケラーさんは医師による自死の介助が許可されると、際限がなくなるといっていました。そういう規定があるのはどんな国でしょうか？

リッテン　リベラルな臨死介助法やそれに準じた判例があるのはスイス、オランダ、ベルギー、ルクセンブルク、カナダ、それからアメリカ合衆国内のオレゴン州、ワシントン州、ヴァーモント州、コロラド州、カリフォルニア州。スウェーデンでも介助を受けての自死が認められています。ただし介助者が私人であることが条件です。

ビーグラー　そしてヨーロッパでは、そうした臨死介助法を認めるかどうかについて裁判所の判断が出ていますね？

リッテン　ヨーロッパ人権裁判所はこれまでこの件に関して、ふたつの判断をしています。その際、どう判断し、行動するかは欧州連合の各国の裁量に任せており、いまのところ自死の介助についての具体的な判断をしていません。一方、ドイツ連邦憲法裁判所は二〇二〇年二月に具体的な判断をしました。自死を介助することは現在、ドイツでも法的に認められています。

ビーグラー　あなたが挙げた国々では、臨死介助はどうなっていますか？　たとえばスイスではどうですか？

リッテン　臨死介助団体が六つあります。最大の組織エグジット（Exit）は約四十年の歴史があり、会員数は十二万人を超えます。スイス国民の四分の三が組織による臨死介助を支持するか、受け入れるかしていて、国民の八十六パーセントが医者による臨死介助を望んでいます。

ビーグラー　そのエグジットという組織は臨死介助をどのくらい実施しているのです

か？
リッテン　一九八二年に設立されてから三千件を超えています。
ビーグラー　そのあいだに医者や介助者への有罪判決はありましたか？
リッテン　臨死介助はすべて当局の調べを受けていますが、そういうケースは一度もありません。
ビーグラー　金銭面での不正はありましたか？　ドイツでは、そういう団体は金銭目当てか、なにかよくない目的があると白い目で見られていますよね。ケラーさんの発言にもそういう懸念がありました。
リッテン　エグジットは金銭の授受をすべて公開していますので、だれでも確認できます。エグジットでは透明性が担保されています。わたしの知るかぎり、金銭面での不正はありません。
ビーグラー　スイスでは臨死介助は法的にどう規定されているのですか？
リッテン　臨死介助は、身勝手な理由でないかぎり、罪に問われません。
ビーグラー　それだけ？
リッテン　それ以上の法的な規定はありません。エグジットはもっと前提条件をつけるべきだと要求しています。たとえば患者の判断能力と実施能力、死ぬことを希望する際の自立性と、希望がその場の思いつきでないこと、病気の診断に間違いがないか、あるいは苦痛に耐えられない病気であるかどうか。
ビーグラー　スイスでは、医師はどのような依頼を受けるのですか？
リッテン　ペントバルビタールナトリウム剤を致死量処方します。十五グラムです。むろんスイスの医師も同国の医師法に従います。生命を守り維持する義務があるわけです。しかし判断に幅を持たせてあります。スイス医師会もそれを尊重しています。
ビーグラー　患者の平均年齢は？
リッテン　七十六歳。およそ五十パーセントが癌（がん）患者です。
ビーグラー　ドイツ人が自死するためにスイスへ行くとよく聞きますが。
リッテン　そのとおりです。ドイツ連邦憲法裁判所の判断が出る前はそうするほかなかったのです。ディグニタスという別の臨死介助団体は、外国人にも臨死介助と立ち会いを提供しています。二〇一七年に七十一人のドイツ国民がそこで命を絶ちました。ディグニタス（Dignitas）によると、一九九八年に設立されてからこれまで利用したドイツ人は延（の）べ千百五十人にのぼるといいます。
ビーグラー　スイスでは、ケラーさんが指摘したように臨死介助の際限がなくなったりしていますか？

リッテン　組織による臨死介助が認可されてからの長期にわたる動向について学術的な知見は存在しません。しかし統計を見ていただければわかるでしょう。スイスとドイツでは国民総数に対する自死者の割合はほぼ同じです。オランダでも死亡率の顕著な増加は見られません。統計を見るかぎり、際限がなくなるという主張は的確でないと思います。

ビーグラー　ありがとうございました。

（委員長に）参考人への質問はもうありません。

ビーグラーとリッテンは自分の席に戻る。

委員長　では次に、シュペアリング教授の話をうかがいましょう。前においでいただけますか？

シュペアリングは参考人席に着席する。

委員長　こんばんは、シュペアリング教授。お時間をいただき感謝いたします。

シュペアリング　どういたしまして。
委員長　シュペアリング教授、あなたはドイツ連邦医師会の役員ですね？
シュペアリング　執行部のひとりです。
委員長　医師でない倫理委員会メンバーのためにドイツ連邦医師会がどういうものか説明していただけますか？
シュペアリング　ドイツ連邦医師会はドイツ最大の医師の自主管理組織です。およそ五十万人のドイツ人医師の立場を代表しています。
委員長　ありがとうございます。ではケラーさん、質問をどうぞ。

ケラー、前に出て着席する。

ケラー　よろしくお願いします。臨死介助の問題についての医師会の見解を教えていただけますか？
シュペアリング　本来、医師会の見解はシンプルなものです。医師でない方もヒポクラテスの誓いをご存じと思います。
ケラー　医師が行う誓約ですね。

シュペアリング　ヒポクラテスは古代ギリシアの医師でした。紀元前四百年ごろの人物です。人類最古の医療倫理の誓約文はその名にちなんでいます。この誓約文は、致死薬を患者に投与してはならないとすでに禁じています。その点はいまも変わっていません。

ケラー　具体的に教えてください。

シュペアリング　医師の役目は患者の命と健康を守り、必要とあれば改善をめざし、苦痛を和らげ、瀕死（ひんし）の患者に付き添うものである。

ケラー　自殺幇助はどうですか？

シュペアリング　死への看取（みと）りとは次元が異なります。医師はそういうことをしないでしょう。医師の誓いと倫理に反します。

ケラー　医師会でアンケートを採っていますか？

シュペアリング　ええ、大多数が否定しています。

ビーグラー　（口をはさむ）六十二パーセントは大多数ではないでしょう。

委員長　弁護士、口をはさむのは控えてください。発言は順番にお願いします。

ビーグラー　ふん。

ケラー　話を戻します。人間には死ぬことを自分で決める権利があると聞きました。

シュペアリング　それが大きな問題なのです。

ケラー　どういう問題でしょうか？

シュペアリング　自殺の恐れがある人にも自由な自己決定権があると信じられていることです。

ケラー　なぜですか？

シュペアリング　ヨーロッパ、アメリカ合衆国、オーストラリア、アジアで自殺についての調査が行われています。そこでわかったことは、自殺者の大多数が重い精神障害を患っていることなのです。自殺者の九十から九十五パーセントに精神疾患がありました。

ケラー　病気のせいで自分を手にかけるということですか？

シュペアリング　そうです。自分の命を絶つのは自由な意志によるものでも、自己決定によるものでもありません。ですから、医師がそういう状況で自殺幇助をすることが正しいはずはないのです。無茶な話です。医師は治療すべきであって、人を殺すべきではありません。そういう人たちを、わたしたち医師は救うことができます。いまではうつ病もうまく治療することが可能です。実際にうつ病が改善すると、たいていの場合、死への願望はなくなります。生きる気になるのです。

ケラー　しかし、熟考した末に自由意志によって自殺を選択する場合もあるでしょう。ゲルトナーさんは、精神的に健康であるという鑑定書を提出しています。

シュペアリング　いわゆる清算自殺（精神科医アルフレート・ホッヘが一九一八年に提唱した概念で、合理的な結論に基づく自死を指す）のことをおっしゃっているのですか？　それはほとんどありません。じつに希なケースです。自殺未遂は助けを求める叫び、注目してもらうための試みであることがほとんどです。いいですか。ドイツでは年におよそ一万一千件の自殺があります。自殺未遂はそのほぼ十倍。自殺の数は交通事故死のじつに三倍です。すべての死者の一・一三パーセントになります。

ケラー　しかし人生に絶望する人もいるでしょう。人生に終止符を打ちたいと望むこともあるのではないでしょうか？

シュペアリング　そういう気持ちになる原因にも目を向けなければなりません。例を挙げましょう。失業率が上昇すると、十万人あたり自殺が一パーセント増加するという欧州連合の統計があります。

ケラー　どのように算出したのですか？

シュペアリング　欧州連合に加盟している国全体で統計を取りました。生命を肯定することが仕事である医師が、どうして失業したために自殺する人に協力しなければならないのですか？　そういう人に希望を与えるのは社会の責務です。そういう人を死なせることは医師の使命ではありません。

ケラー　いいたいことはわかります。

シュペアリング　別の例を挙げてみたいと思います。自殺未遂がもっとも多いのは十五歳から二十五歳の女性です。原因は失恋の痛みからいじめまでさまざまです。そういう若い人たちが死ぬのを、医師は本当に手伝うべきだというのですか？

ケラー　患者の希望どおりに致死薬を処方すれば、医師に対する世間のイメージが変わると思われますか？

シュペアリング　もちろんです。死ぬことに協力する医師は、患者と医師の信頼関係を壊します。信頼関係はすべての治療に必要なものです。

ケラー　わたしもそう思います。しかし、信頼関係は患者にとってどのような意味を持つでしょうか？

シュペアリング　患者はだれしも、医師が決まりを守ると信じることができます。

ケラー　医師が信頼に足るということですね。

シュペアリング　ええ。しかし、それだけにとどまりません。医師が心がけるべきなのは、患者が健康になることだけではないのです。医師という職業の範囲内で患者を守る存在なのです。

ケラー　それは当然のことですね。

シュペアリング　患者は担当医がどういう人間か知る必要はありません。どのような信仰を持っているかとか、どのような道徳観を持っているかとか。担当医が枕元に来たとき、自分を治そうとしているとわかっています。殺そうとしているとは思わないでしょう。そうでなければ信頼できません。

ケラー　医師が自死の幇助をするようになると、どうして信頼関係が崩れるのでしょうか?

シュペアリング　医師が絶対に人を殺してはならないという状況下でないかぎり、患者は確信が持てないでしょう。

ケラー　死への看取りの場合はどうですか?

シュペアリング　わたしたち医師は、患者の死に際して介助はします。患者からの要求があれば、治療を制限したり、生命維持のための措置を中止することが許されています。しかし死への介助をすべきだという流れになったら、破局を迎えるでしょう。

ビーグラー　(口をはさむ)それは自由意志だ。医師にそんな義務はない。

ケラー　ゲルトナーさんのケースについて話をしましょう。ゲルトナーさんに精神疾患はありませんし、注目を浴びたいと思っているわけでもなく、ただ死を望んでいます。

シュペアリング　しかしなぜですか？　直接関わっていないので、判断はできませんが、あの方のように多くの人が病院や苦痛や絶望や孤独を恐れるものです。そういうことに対して、わたしたちはそれなりに対処することができます。

ケラー　なにができますか？

シュペアリング　緩和医療を広く行き渡らせる必要があります。いまでは終末期の苦痛を和らげる方法がありますし、ホスピスにおける尊厳のある死は可能になっています。多額の費用がかかりますが、絶対に必要なことです。

ケラー　ゲルトナーさんは先ほど、尊厳をもって死にたいといっていました。多くの人からそういう意見を聞いています。生命維持装置で生かされるのも、これ以上手を尽くせないと医者から見放されるのもいやだということです。

シュペアリング　それは大いなる勘違いです。

ケラー　なぜですか？

シュペアリング　ホスピスが多数利用されていることを考えてください。緩和医療専門医と介護スタッフは患者の痛みと悩みを緩和することを使命としています。人間の尊厳を守るのは医師による自殺幇助だけだと主張するのは、不治の病と日々格闘している人たちを侮辱するものです。

ケラー　尊厳ある死はホスピスでも可能ですか？

シュペアリング　当然です。尊厳、最近人気のある言葉ですが、尊厳こそがほぼすべての答えになります。臨死介助に反対する側も賛成する側も、尊厳をよりどころにしているではありませんか。

ケラー　ありがとうございました。

ケラー、席に戻る。

委員長　ではビーグラーさん、質問をどうぞ。

ビーグラー、前に出て、立ち止まる。

ビーグラー　わたしにはどうも理解できないのです。

シュペアリング　えっ？　なにがですか？

ビーグラー　あなた方が区別している理由が、わたしには理解できないのです。患者が治療行為の中断を望むなら、そうすべきでしょう。
シュペアリング　ええ、そう義務づけられています。患者には自分で決める権利があります。
ビーグラー　しかし患者が命を絶つための薬を処方してくれと頼んだ場合、あなたはそれを間違いだと判断するのですよね。
シュペアリング　ええ。
ビーグラー　なぜそこに線引きがされるのかわかりません。
シュペアリング　説明しましょう。治療行為の中断は消極的な行為で、薬を処方するのは積極的な行為だからです。
ビーグラー　申し訳ないが、それは現実と乖離(かいり)していませんか？　治療を中断する場合、装置を止めたり、チューブをはずしたり、点滴をやめたりするではありませんか。あなたは行動します。あなたの言い方でいえば「積極的」に。
シュペアリング　しかし自殺幇助では死に至らしめることになります。治療行為の中断では、死に至ることを覚悟するだけです。
ビーグラー　そうなのですか？　シュペアリング教授、治療を中断して死を招いた場合、死を意図したものでないとはいい切れないでしょう。その逆で、死に至らせることが目的ではないでしょうか。

シュペアリング　いいえ、死はわたしたちの目的ではありません。病気で亡くなるのと、毒物を服用するのとでは、状況がまったく異なります。わたしたちが自死を手助けすれば、社会が変わってしまいます。死についてこれまでとは違う考え方をすることになるでしょう。

ビーグラー　そう主張しているのはだれですか？

シュペアリング　ドイツ連邦医師会です。世界医師会も、そう見ています。

ビーグラー　治療後を予測するのは難しいものです。それが社会の未来に関するものならなおさらです。

委員長　弁護士、いいですか。これはきわめて深刻な問題です。ふざけないでください。

ビーグラー　（委員長に）危険視する声があるからといって、自死を求める声を無視していいというものではないでしょう。まあ、いいでしょう。別の質問をしましょう。（シュペアリングに）どうして社会が変わるのでしょうか？　そして、どのように変わるのでしょうか？

シュペアリング　もし医師がそういう処方を行うなら、料金表に報酬額が加えられることになるでしょう。たとえば自殺幇助一件につき百四十六ユーロ八十セントといった感じで。医学生にはそのための研修を行い、殺害法についてのゼミが必要になります。つまり、もはやグレーゾーンではなくなり、すべてが公然と行われることになるのです。わたしたちが持つ死のイメージは変質し、苦痛に喘ぐ患者や命の終末との関わり方も変わるでしょう。

ビーグラー　ドイツの最高裁はそういう判断をしましたが、それのどこがまずいのか、わたしにはわかりません。「ウルム覚書」をご存じですか？

シュペアリング　いいえ。

ビーグラー　一九六四年の、当時認可された経口避妊薬に対する医師団による抗議文です。著名な医学部教授を含む百四十人の医師が名を連ねました。ピルは「公共の場での性のモノ化」を招くと抗議したわけです。医師は――引用します――「野放図な生活のしもべ」と化す。ピルの処方は既婚女性に限定すべきだ。そう主張しました。

シュペアリング　わたしとしてはそれを支持する気になれません。いまはまったく状況が異なります。

ビーグラー　そうなのですか？　当時の医師は、あなたと同じ主張をしていると思いますがね、シュペアリング教授。当時の医師は避妊を――引用します。「社会のモラルを低下させ、風紀を乱し、長期にわたる人口減少を招く」ものだと危惧しました。

シュペアリング　それは大げさですね。

ビーグラー　当時の医師の予測は誤りでした。ピルが認可されたことで風紀が乱れることはありませんでした。公然とものがいえなかった一九五〇年代の社会のほうが、むしろ風紀が乱れていたくらいです。

シュペアリング　社会は発展したわけです。

ビーグラー　そのとおり、発展したのです。今日のように。人工妊娠中絶をめぐる議論でも、同じことがいえます。ある医師が書いています。「国家の死刑執行人」にはなりたくない。「処刑」と呼んだ大学教授もいました。

シュペアリング　ここで議論しているテーマとどういう関係があるのかわからないのですが。

ビーグラー　まだわからないのですか？　あなた方、ドイツ連邦医師会は当時こう表明しました。引用します。

「医師の役目は生命を維持し、促進することにあって、生命を奪うことではない」

ある著名な産婦人科医が書いています。

「人間はそのうち、胎児への敬意を持たなくなるだろう」
しかし、そうなったとは思えません。あなたはどう思いますか？

シュペアリング　しかし今回の件ではデータがあります。オレゴン州では自死の介助が合法になった一九九七年から二〇一六年までのあいだに、医師が介助した自死はおよそ七百パーセント増加しているんですよ。

ビーグラー　待ってください、シュペアリング教授。七百パーセントと聞くとぎょっとしますが、実際の数はご存じなのでしょう？　オレゴン州では二〇一七年、二百十八人の患者に死に至る処方箋がだされましたが、実際に死を選んだのは百四十三人だけでした。処方箋を所持しているだけで、気持ちが落ち着いたのでしょうね。

シュペアリング　それでもぞっとする人数です。

ビーグラー　気持ちはわかります。百三十八人も死んだ年もあるわけですから。この法律が施行されて二十年で合計千二百七十五人が医師による介助で死んでいます。それがあなたのいう七百パーセントの中身です。毎年百三十人が死んでいるわけではありません。

シュペアリング　オレゴン州は小さな州ですから。しかし、それをドイツに当てはめたらどうですか？

ビーグラー　それがどうだというのですか？　この会場が火事になったとしましょう。みんな、そういうときのためにもうけられた非常口に殺到するでしょう。あまりに多くの人が医師による自死の介助を選択しているとあなたがおっしゃっているのは、火事になって多くの人が非常口に殺到するのと同じです。しかしこれはおかしいでしょう。非常口を作るのは当然ですし、それを使うのも当たり前です。

シュペアリング　もう一度いいますが、ヒポクラテスの誓いは……

ビーグラー　（話を遮る）ああ、そうそう、ヒポクラテスの誓いを忘れていました。医師はいつその誓いを立てるのでしょうか？　医学を学びはじめるときですか？　それとも卒業するとき？　あるいは医師の免許を取得したときですか？

シュペアリング　はっきりと誓いを立てるわけではありません。

ビーグラー　そうなのですか？　自分で誓ってもいない誓いにこだわるのですか？

シュペアリング　その誓いはわたしたちの倫理を体現しているのです。

ビーグラー　そうなのですか？　二〇〇〇年も前のその誓いには「膀胱（ぼうこう）結石の摘出出術をしてはならない」と書いてありませんか？

シュペアリング　もちろん、それは時代遅れです。

ビーグラー　女性に堕胎薬を与えてはならないとも書いてありますよね？

シュペアリング　それも時代遅れです。ヒポクラテスの誓いの現代版、世界医師会のジュネーブ宣言があります。
ビーグラー　なるほど。先ほど誓いの中の毒の投与に関するくだりについて触れていましたね。もう一度教えていただけますか？
シュペアリング　正確にはこうです。
「頼まれても致死薬を与えない。またそういう助言もしない」
ビーグラー　では現代版のジュネーブ宣言にも、医師は決して死に至る薬物を投与してはならないと書いてあるのですか？
シュペアリング　いいえ。
ビーグラー　違うのですか？　あなたが重要視している項目がジュネーブ宣言にはないのですか？　膀胱結石と同様に？
委員長　弁護士、そういう発言はやめてください。
ビーグラー　しかしジュネーブ宣言には別の項目がありますね。引用します。
「患者の自己決定権と尊厳を尊重する」
シュペアリング　そうです。
ビーグラー　シュペアリング教授、自死の介助はまさに患者の自己決定権と尊厳をめぐる問題ではありませんか？

シュペアリング　その項目がいわんとしているのは、そういうことではありません。世界医師会は最近、あらためてこう明言しています。これはドイツ連邦医師会とも軌を一にするものです。

「自殺幇助をするとき、医師は倫理に反する行動をすることになる」

ビーグラー　それって矛盾しませんか？　医療技術が生存条件を改善できないとき、つまり生きることが苦痛にほかならないときでも、医師の倫理は自死の介助を認めないのですか？

シュペアリング　医師は死に仕えているわけではありません。強要されても行わないでしょう。

ビーグラー　だれもあなたに強要したりはしません。患者を助けるかどうか決断するのは、あくまであなたです。議論しているのは、医師が自死を介助することが許されるかどうかで、介助しなければならないなどとはだれもいっていません。どうしてそんな話になるのでしょうか。それはともかく、いまは医師の介助で死のうと思ったら国外に出なければなりません。体が弱ってからでは、旅行するのはとんでもなく大変なことです。

シュペアリング　スイスのことをいっているのですね。
ビーグラー　ええ。先ほど話題になりました。これまでは、異国の知らないベッドで死ななければなりませんでした。そうしなければ、医師の介助を受けられなかったからです。幸いわたしの友人はそういう憂き目に遭わずにすみます。
シュペアリング　わたしのいいたいことを理解する気がないのですね。
ビーグラー　そう思いますか？　ロープやナイフや高層ビルからの飛び降りといったおぞましい行為に及ぶほうがいいとおっしゃるのですか？　まあ、いいでしょう。シュペアリング教授、先ほど、医師による自死の介助が医師と患者の関係を損なうとおっしゃいましたね。
シュペアリング　ええ。
ビーグラー　問題は信頼関係なのですか？
シュペアリング　もちろんです。患者は信頼感を失います。
ビーグラー　わたしはいざとなったら助けてくれる医師を信頼しますが。死ぬのを助けることも含めて。
シュペアリング　医術が中立的な活動だと信じているようですが、それは違います。モラルが求められる職業でもあるのです。わたしたちは自分の価値観を定義しています。その価値観と一致することしか提供できません。ですから、あなたの質問への回答は、自殺幇助の容認ではなく、包括的な緩和医療の提供です。

ビーグラー　別の立場を表明する医師もいますね。隣人への究極の奉仕はもっとも深い敬意にもとづく行動、もっとも偉大な人間性がなしうる行動だという人もいます。

シュペアリング　二十年前、わたしは病院の終末期病棟を視察しました。当時は、患者は苦痛で悲鳴を上げるものだとどこでも耳にしました。しかしいまは違います。だれも苦しんだりしません。ほとんどのケースで、患者の苦痛を取り除けるのです。

ビーグラー　ほとんどのケースで？

シュペアリング　ええ。その結果、死にたいという望みは消えます。

ビーグラー　その医療技術が成果を上げられない場合はどうなるのですか？　緩和医療が患者を百パーセント救えるとはいえないと思いますが。

シュペアリング　しかし、ほとんどの場合は救えます。

ビーグラー　緩和医療で最高のケアを受けていても、死にたいと思う患者はいるのではありませんか？

シュペアリング　滅多にないことです。

ビーグラー　緩和医療を受ける患者のおよそ二十パーセントが死にたがっているとい

うデータがあります。二十パーセントですよ！　少ないとは思えませんが。それに癌病棟が病院の上階にある場合、窓に鉄格子がはめられていることがよくあります。ご存じですね？　仮にあなたのおっしゃるとおりだとして、ドイツではいまだに緩和医療病棟が足りないのではありませんか？

シュペアリング　ええ、なんとしても増やす必要があります。

ビーグラー　ドイツには緩和医療専門医がどのくらいいるのですか？

シュペアリング　全体の三パーセントです。

ビーグラー　三パーセント？　ええと。自死の介助と緩和医療を天秤(てんびん)にかけるつもりはありません。どちらも必要なものだと考えていますが、やるべきことがまだまだいっぱいあるということですね。しかし苦痛のない死がすべての人間に保証されないのなら、いくらすばらしいビジョンでも看板倒れになりませんか？　苦痛のない死が本当に実現するまで何十年もかかりそうですね。

シュペアリング　それはわたしの責任ではありません。

ビーグラー　そのとおりですが、それをいったら身も蓋(ふた)もないではありませんか。さまざまなアンケートで回答者の六十パーセントから七十パーセントが、自ら死を選ぶ場合、医師の介助を望むと答えているのですが、どう思いますか？　ちなみに二〇〇三年のアンケートでは、八十四パーセントの回答者が次の項目を肯定しています。「不治の病に冒された患者が自死するのをホームドクターが介助しても、その医師への信頼はなくならない」

あなたがさっきいったことと真逆ではありませんか。

シュペアリング　いいですか、ビーグラーさん。医師の役目は患者を治療することです。それが医学の本質なのです。わたしがもし自死の介助をすれば、わたしの職業の根本的な価値を毀損することになります。医師による自死の介助は、適切な治療をする道からはずれます。それから、そのアンケートのことはもちろん知っています。おっしゃるとおりです。しかしわたしは、その結果に左右されません。

わたしたちの倫理に合致しないかぎり……

ビーグラー　二〇二〇年二月、ドイツ連邦憲法裁判所が自死の介助を認める判断を下したとき、法廷で万雷の拍手が沸きおこったことはご存じですね。いままでこんなことは……

ゲルトナーが立って、ビーグラーのところへ行き、耳打ちする。ビーグラーとゲルトナーはひそひそと短い言葉を交わす。

ビーグラー　（委員長に）委員長、わたしの質問をする権利をしばしゲルトナーさんに預けたいのですが。
委員長　どうぞ。
ビーグラー　ありがとうございます。
ゲルトナー　（シュペアリングに）ドイツ連邦医師会の会長は、医師による自死の介助についてこう述べています。引用します。
「医師にとって『汚れ仕事』である」
シュペアリング　文脈を無視されては困ります。会長の考えは……
ゲルトナー　（発言を妨げる）会長は、最後まで人生を全うしなければ、尊厳をもって世を去ることはできないともいっています。そうでない者はみな――また引用します。
「家畜のように注射を打たれるか、頭を殴られて死ぬことになる」
シュペアリング　いや、それは……
ゲルトナー　（発言を妨げる）会長はこうもいっています。医師は死の技術者ではない。人に死をもたらす役目は――引用します。「板金工（ばんきんこう）」にでも任せておけばいい。
シュペアリング　それは……

ゲルトナー　（発言を妨げる）あなたにいいたいのは、反吐（へど）が出るということです。わたしのような人間、医師に死なせてくれと頼めと妻にいわれた者にとって、こういう物言いがどう聞こえるかわかりますか？　自死について、わたしが子どもたちとどれだけの時間議論したかご存じですか？　夜に集まって何十回、何百回、何千回と検討したのです。全員が大変なストレスを抱え、いまなお抱えつづけています。あなたに想像できますか？　家族のだれかが簡単に答えをだせたと思いますか？　あなたは医師である自分の考えが患者の考えよりも上だと見ている。どうしてそこまで傲慢（ごうまん）になれるのですか？

シュペアリング　わたしとしては……

ゲルトナー　（発言を妨げる）妻とわたしはずっと正しいと思ったことをして生きてきました。そんなわたしたちを「板金工」に任せるというのですか。とんでもなく不遜（ふそん）なことだと思いませんか？

シュペアリング　怒りを覚えるのは理解できますが……

ゲルトナー　（発言を妨げる）さっきからあなたは「医師の倫理」「道義的なこと」についてばかり語っていました。しかしいま問題なのはまったく違うことです。わたしはこれ以上生きていたくないのです。わたしは本にも、映画にも、そもそも娯楽に関心

作家生活30年！
大人気シリーズ第4弾

間の悪いスフレ

Kondo Fumie
近藤史恵

【創元クライム・クラブ】
四六判仮フランス装　定価1650円 E

装画：谷山彩子

コロナ禍でビストロ・パ・マルもテイクアウト・メニューを考えだし、料理教室を始め……。そんな状況下でも三舟シェフの人間観察と名推理が光ります。

『星を継ぐもの』シリーズ四作品を新版で連続刊行

巨人たちの星

ジェイムズ・P・ホーガン
池 央耿 訳
【創元SF文庫】定価1210円 E

冥王星の彼方から、〈巨人たちの星〉にいるガニメアンの通信が再び届きはじめた。この地球という惑星が、どこかから監視されているのか……？　不朽の名作シリーズ第三弾！

タイムトラベル×本格ミステリ！

時空旅行者の砂時計

Hojo Kie
方丈貴恵
【創元推理文

寝の

編

の祖先を襲った惨劇の正体を解明するべく、加茂はタイムトラベルする。彼を待ち受け
ていたのは絵画に見立てたかのような不可能殺人の数々……第二十九回鮎川哲也賞受賞作。

定価902円 Ⓔ

夜の蔵

本の街・神保町で古本屋
物を探して欲しいという依頼が

ダ・ヴィンチの翼 上田朔也

定価114

フィレンツェ共和国のために、万能の天才レオナルド・ダ・ヴィン
図を探せ。手がかりは謎めいた詩だけ。十六世紀イタリアを舞台に描く歴
イ。

■創元文芸文庫

二十一時の渋谷で キネマトグラフィカ 古内一絵

定価858円 Ⓔ

勤務先の老舗映画会社が大手IT企業に買収される——新元号が発表された日、DVD宣伝部を率いる砂原江見は、すべての企画が止まった会社で改めて働く意味を探し始める。

好評既刊■創元SF文庫

方形の円 偽説・都市生成論 ギョルゲ・ササルマン／住谷春也 訳

定価924円 Ⓔ

三十六もの短い断章から浮かびあがる、架空都市／幻想建築の創造と崩壊。カルヴィーノ『見えない都市』に先駆けて発表され、ル＝グイン自らが翻訳を熱望した傑作が文庫化。

好評既刊■単行本

ヴァンプドッグは叫ばない 市川憂人

四六判上製・定価2090円 Ⓔ

厳戒態勢が敷かれた都市と、密室状態の隠れ家で起こる連続殺人。殺人鬼が仕掛けた、想像を絶するトリックとは？ 史上最大の難事件を描く、大人気ミステリシリーズ第五弾！

好評既刊■海外文学セレクション

最後の三角形 ジェフリー・フォード短篇傑作選

ジェフリー・フォード／谷垣暁美 編訳

四六判上製・定価3850円 Ⓔ

閉塞的な街で孤独な男女が魔術的陰謀を追う表題作ほか、天才科学者によってボトルに封じられた大都市の物語「ダルサリー」など、繊細な技巧と大胆な奇想による十四編を収録。

好評既刊■創元推理文庫

■単行本

あの魔女を殺せ

市川哲也

四六判並製・定価2090円 Ⓔ

見た者を惹きつける稀代の人形作家・常世三姉妹。彼女たちには、人体を人形の素材にしているとの噂もあり……。『名探偵の証明』の著者が満を持して贈る、驚愕のミステリ。

東京創元社が贈る総合文芸誌

A5判並製・定価1540円 Ⓔ

好評を博した書き下ろしSFアンソロジーシリーズ《Genesis》が『紙魚の手帖』夏のSF特集号となって登場！

青崎有吾、作刈湯葉、円城塔、小田雅久仁、笹原千波、高山羽根子、宮澤伊織、宮西建礼、アイ・ジアンの傑作読み切り短編や、阿部登龍の第十四回創元SF短編賞受賞作に加え、SFにゆかりの深い執筆陣によるコラム・エッセイ・対談・ブックレビューで贈る、まるごとSF特集号！

※価格は消費税10％込の総額表示です。Ⓔ印は電子書籍同時発売です。

■単行本

神　フェルディナント・フォン・シーラッハ／酒寄進一 訳

四六判上製・定価1870円 Ⓔ

医師による自死の幇助を認めるか否か？　公開討論会で医師、弁護士、法学や医学、神学の参考人が議論する。そして最後――観客が安楽死を認めるか投票する、衝撃の戯曲！

■創元推理文庫

死の10パーセント　フレドリック・ブラウン短編傑作選

フレドリック・ブラウン／小森 収 編／越前敏弥、高山真由美 他訳　定価1386円 Ⓔ

謎解き、〈奇妙な味〉、ショートショート、人間心理の謎……。本邦初訳三作を含む短編の名手の十三編。『短編ミステリの二百年』の編者が選りすぐった名作短編をご賞味あれ！

傑作集　日本ハードボイルド全集7

北上次郎、日下三蔵、杉江松恋 編　定価1650円

〈日本ハードボイルド全集〉最終巻は、一作家一編で厳選した十六編からなる短編アンソロジー。解説として編者三名の書き下ろした「日本ハードボイルド史」概説を収録する。

人は、クスリを排除するため悪党探しに立ち上がる！　好調〈ワニ町〉シリーズ第六弾！

レイトン・コートの謎

アントニイ・バークリー／巴 妙子 訳　定価1100円

密室状態の書斎で発見された、額を撃ち抜かれた死体。作家ロジャー・シェリンガムは素人探偵として推理を始める。英国探偵小説黄金期の巨匠バークリーの記念すべき第一作。

8つの完璧な殺人

ピーター・スワンソン／務台夏子 訳　定価1210円 E

ミステリー専門書店の店主が選んだ「完璧な殺人」が登場する8つの犯罪小説。そのリストの作品の手口に似た殺人が続いており……。名作ミステリーへの見事なオマージュ！

好評既刊■創元SF文庫

ガニメデの優しい巨人【新版】

ジェイムズ・P・ホーガン
池 央耿 訳　定価880円 E

木星の衛星ガニメデで発見された異星の宇宙船は二五〇〇万年前のものと推定された。そのとき、太陽系に近づく飛行物体が……星雲賞受賞、不朽の名作『星を継ぐもの』続編！

※価格は消費税10％込の総額表示です。 E 印は電子書籍同時発売です。

が持てないのです。

シュペアリング　わたしとしては……

ゲルトナー　（発言を妨げる）あなたたち医師は、人があなたたちになにを期待しているか、いいかげん理解しないとだめですよ。

委員長　ゲルトナーさん……

ゲルトナー　（発言を妨げる）あなたのいうろくでもない「倫理」は、社会の倫理の上にあるわけじゃありません。この国で暮らしているのは、自由な人間です。自分の生死を自分で決めることが可能だし、その権利があるのです。分別のある人間がもはや生きる価値を見いだせないというのであれば、死にたいという願望は尊重しなければならないのです。あなたでもね。

委員長　（口をはさむ）ゲルトナーさん、落ち着いてください……

ゲルトナー　（発言を妨げる）あなたは信頼関係が大事だとおっしゃった。それはそうです。というか、それが問題になっているのです。わたしは、市民の血税で市民のために育成された賢く人間的な医師がわたしを救ってくれることを期待します。期待してもいいはずだと思いますが。ところがあなたは、自分の患者を信頼していない。なぜですか、シュペアリング教授？　あなたはなぜ自分が神だと思っているのですか？

シュペアリング　そんなことは……

ゲルトナーはシュペアリングの返事を待たず、首を横に振って自分の席に戻る。

ビーグラー　医学関係の参考人への質問を終えます。

ビーグラーとシュペアリングはそれぞれ自分の席に戻る。

委員長　みなさん、熱くなりすぎました。どうか抑えてください。ゲルトナーさんが感情をあらわにしたのは理解できますが、ここは被告人を裁く場ではありません。どうか節度をわきまえてください。よろしいですか？　では最後の参考人、ティール司教に話をうかがいましょう。どうぞ、司教、前の席へ。

ティール、前に出てきて着席する。

委員長　こんにちは、ティール司教。

ティール　こんにちは。
委員長　本日は教会の立場を説明していただくために参考人としておいでいただきました。委員会メンバーに自己紹介していただけますか？
ティール　ヘルムート・ティールと申します。ドイツ司教会議の信仰委員会メンバーです。
委員長　信仰委員会とはなにか教えていただけますか。
ティール　信仰委員会は信仰問題や生物学や医学における倫理問題に対応しています。
委員長　ドイツ司教会議は？
ティール　カトリック教会の司教の集まりです。
委員長　わかりました。ありがとうございます。ではケラーさん、質問をどうぞ。

ケラー、前に出て、着席する。

ケラー　司教、自殺幇助について、教会の立場を説明していただけますか？
ティール　はじめに、ここで議論されていることについてはっきりさせたいのですが。
ケラー　といいますと？

ティール　わたしたちはだれも自殺を望まないと思っています。友人や家族に自殺者が出れば、わたしたちはショックを受けます。わたしたちは自殺を思いとどまらせるためにあらゆる手を尽くしています。プライベートであれ、社会の中であれ。
ケラー　そのとおりです。しかしなにをおっしゃりたいのですか？
ティール　古代から啓蒙主義の時代にいたる二千五百年間、自分の命を絶つという暴力的な行為は一貫して否定されてきました。それは哲学の分野にとどまりません。わたしたちの文化圏を代表する宗教、つまりキリスト教、ユダヤ教、イスラーム教はいまでもそういう立場を取っています。キリスト教会は社会において、いまでも監視役なのです。
ビーグラー　「ゲーム・オブ・スローンズ」みたいに聞こえますね。
委員長　ビーグラーさん、余計な口をはさまないでください。お願いします。
ケラー　無視してください、司教。
ティール　死ともっとも関わりの深い分野の方々である医師も、自殺幇助を否定しています。
ケラー　あなたはどうお考えですか？
ティール　わたしは命の存在を信じています。どんな瞬間にでも、命には無限の価値があると思っています。命は神聖なものです。命は神とつながっているからです。「神聖」という言葉がお気に召さないか、時代遅れに聞こえるなら、ドイツの憲法の基本的な価値を考えてください。憲法は生命を守るものです。

ケラー　たしかにそれは憲法の根幹である国家の役目です。しかし憲法には人間の自己決定権という別の価値も明記されています。

ティール　もちろんです。自己決定権と自由。しかし社会の連帯や、福祉、生命の保護、そういうものも憲法の根幹です。それを放棄すべきではありません。わたしたちの社会ではいまも殺人はタブーです。正直にいえば、このタブーはいずれなくなるでしょうが、わたしは反対です。今後も殺人を禁じつづけるべきだと考えています。

ケラー　しかし司教、わたしたちは殺人について議論しているのではありませんが。嘱託殺人は罪に問われます。ここでは、医師が患者の自殺を幇助するのは倫理的に正しいかという点だけを議論しているのです。

ティール　だけ？　そこに大きな違いがあると思うのは、近視眼的だといわざるをえませんね。殺人と自殺は切り離せないものです。自殺幇助を許可し、嘱託殺人を禁じるというのはナンセンスそのものです。

ケラー　なぜですか？

ティール　考えてもみてください。たとえば、あなたが自分で命を絶つことができないとします。体が麻痺して、自分で薬を服用できないというケースもあるはずです。認められているのは臨死介助だけですから、あなたは自分を殺害するよう医師に依頼するわけにはいかないことになります。身動きできないほどの重病である、それだけの理由であなたは困った状況に置かれるのです。法律家は「こんな不平等はあってはならない」というでしょうね。つまりあなたの希望は成就されなければならないというわけです。すぐに嘱託殺人についても議論されることになり、許可されるでしょう。

ケラー　仮にそうだとして、その結果どうなるとお考えですか、司教？

ティール　ショックを受けるかもしれませんが、自分の意志を表明できないケースは起こりえます。交通事故で手術台に運ばれた患者に、医師がこういうかもしれません。「この患者は重度の障害で意識を取り戻さないだろう。この方の意志を察してあげようではないか」

あるいはアルツハイマー症候群にかかった人の場合を考えてみましょう。あなたの父親かおじかもしれません。いままでどおり陽気にふるまい、庭でひなたぼっこをして、食事をし、夜はテレビを視聴するでしょう。しかしもちろん健康だったときのようにはいきません。ケラーさん、あなたはその人が死んだほうがいいと考えますか？

「そこまでして生きていたくないと何度もいっていた」などということが家族のあいだで話題になるとしたらどうでしょう。そして「死んでもらおう」などという言葉が平気で口の端にのぼるようになります。わたしたちは命に価値があるかないかを判断しはじめるのです。「価値のない命」という言葉はナチによって使われました。そこに戻ってはいけません。ですから、そういう議論の流れを阻止しなければならないのです。

ケラー　社会が変化することを恐れているのですね。

ティール　とんでもないです。恐れるもなにも、じつのところ、わたしたちはすでに自殺幇助が認められる社会に生きているのですから。それは抽象的な未来予測などではありません。もはやこれまでとは別の社会になっているのです。

ケラー　なにが別なのですか？

ティール　遠くない将来、高齢者には自分の命を絶てという圧力がかかることでしょう。若者はきっといいます。

「老人は負担だ。金がかかりすぎる。資源を消費する。もう充分に生きたじゃないか。歳をとると苦労も多い。憲法によって認められた手段を利用して、やさしいホームドクターの介助で命を絶ったほうがいい」

ケラー　自由が、強要にすりかわるとおっしゃるのですか？

ティール　孫が祖母にこういうところが想像できますよ。「この老人ホームには毎日すごいお金がかかっているんだ。しかもまた値上がりした」

（観客に向けて）みなさん、目を見開いてください。高齢者がどんなに影響を受けやすいか、みなさんはご存じのはずです。実際には金にうるさい孫も必要としません。「人の世話になるのはごめんだ」と、どれだけ多くの高齢者がいっているか考えてみてください。

ケラー　わたしたちは命への敬意を失うというのですね？

ティール　ええ、そう確信しています。役に立つかどうかで命を天秤にかけるなら、じきに「健全な国民感情」がもてはやされ、わたしたちの社会に望ましくない人たちが特定されることになります。身体障害者、うつ病患者、高齢者、愚鈍な人。ダムが決壊する恐れはすでに存在しているのです。わたしたちはパンドラの箱を開けてしまったのです。

ケラー　しかし人間の自己決定権は……

ティール　（話を遮る）自己決定権ね。自己決定権を重視する人は、人の生き死にに根拠を示す必要などないと主張するでしょう。どうするかは完全に自由だ、と。しかし自然死は生きることとセットです。それを奪ってはならないと思います。

ケラー　自殺そのものを禁止したいと思っている人はここにはいないと思いますが。

ティール　わたしもそこまではいいません。人間の自己決定権を認めます。どうしてもしたいと思うことは、黙って頭の中で考えればいいのです。ケースによっては、わたしだってそういう判断を尊重します。しかし尊重しても、それを社会のレベルで是認すべきだとは思いません。むしろ、そういう悩みを持つ人に救いの手を差し伸べ、保護する義務が、わたしたちにはあると思います。もちろん自殺しようとする人を止められるわけではありません。しかし自殺幇助の場合、なにか別の動機があるはずです。それがなにかはわかりません。いや、そんなことはないですね。

ケラー　そんなことはないというと？

ティール　わたしたちが生きる場所は共同体であり、家族であり、友人関係であり、国家です。共同体で生きている者はみな、その共同体に対して義務があります。自殺が子どもや孫や、友人や同僚といった多くの人にとって重い負担になることはよく知られていることです。ある研究によると、ひとりの自殺はすくなくとも六人の人に影響を与えるとされています。つまり毎年、遺された六万人の人が苦しんでいる計算になります。しかもその三分の一が、精神障害にみまわれるそうです。こうした道義的責任は、人間は自由だといくら喧伝(けんでん)してもなくなるものではありません。

ケラー　しかしそれをつきつめると、わたしたちの命は自分ひとりのものではないということになりますね？

ティール　そうです。自殺は純粋なエゴイズム。隣人を顧(かえり)みない行いです。宗教以前の問題です。すこぶる不道徳です。

ケラー　しかし同情心から患者を助けようとする医師がいることは認めますよね。自殺幇助が隣人愛に基づく行動ということもあると思いますが。

ティール　そう考え行動することは間違いです。どんな命もかけがえのないものです。原則的にそれを奪うことは許されません。他の人間を死に至らしめることが愛ゆえの行動のはずがありません。なぜなら愛情の基礎となる命を破壊するのですから。それよりなにより、自由意志で自分の命を絶つ人はどれだけいるものでしょうか？　シュペアリング教授がいみじくもおっしゃったとおり、ほとんどのケースで事情が異なると思いますよ。会社の倒産で絶望したとか、精神的危機とか、精神疾患とか。そうした人々に必要なのは慰(なぐさ)めと思いやりです。自殺幇助をする医師ではありません。市民には保護され、尊厳をもって歳をとり、死んでいく権利があるのです。

ケラー　シュペアリング教授が挙げた別の選択肢、つまりホスピスと緩和医療のことをおっしゃっているのですね。
ティール　ええ、答えとしては、はるかに望ましく、人間的です。病人や高齢者やうつ病患者に死を与えることで利益を得る企業や団体よりもはるかにましでしょう。
ケラー　とはいえ、ドイツ連邦憲法裁判所は臨死介助団体を認可しました。
ティール　知っています。とんでもない間違いです。
ケラー　ありがとうございました、司教。質問を終わります。

ケラーは自分の席に戻る。

委員長　いいでしょう。ではビーグラーさん、どうぞ。

ビーグラー、前に出て立ち止まる。

ビーグラー　司教、教会が「監視役」であるということに話を戻させていただきます。たしかそうおっしゃいましたね。

ティール　ええ。そしてあなたは口をはさみましたね。

ビーグラー　二〇〇〇年のドイツ・カトリック会議で教皇は教会に対し、社会の「監視役」たれと忠告しましたね。引用します。「受胎から自然死にいたるまでのすべての段階で人間の命を守る」ために声を上げるべきだと。

ティール　教皇聖下のメッセージからの引用ですね。それはイザヤ書六十二章にある言葉に依拠したものです。

「エルサレムよ、あなたの城壁の上に／私は見張りを置いた。／昼も夜も、一時も口を閉ざしてはならない。／主に思い出させる者よ／決して黙ってはならない」（聖書協会共同訳）

とても美しく力強いイメージだと思います。

ビーグラー　そうですか。

ティール　しかし、その引用でなにをいいたいのか、わたしにはわかりかねるのですが。

ビーグラー　二〇一八年に開催されたカトリック教会司教の秋の総会で、ある研究が紹介されましたね。その研究によると、ドイツだけでも千六百七十人のカトリック聖職者が、三千六百七十七人の主（おも）に男性の未成年者に性的虐待を働いたとされています。

ティール　知っています。

ビーグラー　この研究をまとめた著者は、いくつかのケースで教会による明らかな調査結果の改竄が見られると書いていました。

ティール　残念で恥ずかしいことです。教会のとんでもない暗部といえます。しかし教会が監視役であることとどういう関係があるのでしょうか？

ビーグラー　被害者の半数は十三歳以下でした。闇に葬られた数は把握できていません。アメリカ合衆国では、イリノイ州だけでも約七百人のカトリック聖職者が児童を虐待したといわれています。

ティール　被害者は想像を絶する苦痛を味わったことでしょう。

ビーグラー　それならわたしがいいたいことも理解できるのではありませんか？　いま話しているのは過去のことではないのです。十字軍でも、魔女の火炙りでも、異端審問でもありません、地獄や煉獄を引き合いにだして数百年にわたって信者に恐怖を植え付けたことでもありません。いま現在起きていることなのです。そういう状況でもまだ、教会は道徳的問題に答えられるのでしょうか？

ティール　罪を犯したのは教会そのものではありません。恐ろしい行為に及んだのはごく一部の者です。

ビーグラー　ひどいおっしゃりようだ。過ち(あやま)を犯すのは教会ではなく、つねにその構成員だというのですね。

ティール　教会にも罪人がいるものです。教会といえども、完全無欠な共同体ではありません。のちに教皇になられたラッツィンガー枢機卿が座長を務めた神学委員会が表明しています。「教会は罪の主体及び行為者という意味においては罪人ではない」

ビーグラー　どういう意味でしょうか？

ティール　罪人の教会と聖なる教会は区別されるということです。

ビーグラー　理解できません。

ティール　罪は自由に行動する個人を前提にします。聖なる教会にその責任はないということです。

ビーグラー　それで説得できると思われるのですか？　とくに被害者を。組織の責任というのも存在するのですが。まあ、いいでしょう。本題に戻ると、教皇は、自殺は他殺と同じで倫理的に受け入れがたいといっていますね。

ティール　ええ。

ビーグラー　他殺と同じですか！　勘弁してください。教皇はその理由もいっていますね。引用します。

「自殺は現実のもっとも深いところで、神が有する生と死への絶対的主権を拒絶するものです」（教皇ヨハネ・パウロ二世『回勅 いのちの福音』〈ペトロ文庫〉カトリック中央協議会 二〇〇八年）

ティール ヨハネ・パウロ二世による一九九五年の回勅（かいちょく）「いのちの福音」ですね。

ビーグラー だから教皇とあなたは、医師による自死の介助を絶対に認めない立場なのですね。

ティール そのとおりです。

ビーグラー 人間には自分の死を自己決定する権利がないということですね。つまり人間は自由ではない。

ティール カトリック教会は人工妊娠中絶問題でそのことを再三にわたって強調しています。教皇聖下は、人工妊娠中絶は嘱託殺人と同じだといっています。同感です。

ビーグラー （ティールの机に『聖書』を置く）これは『聖書』です。

ティール ええ、そうですね。

ビーグラー この本を書いたのはだれでしょうか？

ティール 神の精神を宿した人間です。

ビーグラー あなた方の宗教によれば、その人たちは神の考えを書きつけたことになっています。そうですね？

ティール　そういってもいいでしょう。

ビーグラー　『聖書』には、自ら命を絶つことについて触れている箇所はありますか？

ティール　ええ、しかしどのくらいあるかはいま申しあげられません。ちょっと考えさせてください。サウル王とその武器を持つ者、イスカリオテのユダ……

ビーグラー　(話を遮る) 十箇所です。『旧約聖書』に九箇所、『新約聖書』に一箇所。

ティール　そのとおりだと思います。

ビーグラー　では自ら命を絶つことを神が禁じた箇所が『聖書』にあるかどうか教えてください。そしてそういう箇所があるなら、読みあげていただきたいのですが。

ケラー　(割って入る) ここは法廷ではありませんよ。

ビーグラー　イエス・キリストは聖書のどこかで、自死は罪だといっているでしょうか？　どうぞ、ゆっくり考えてみてください。

ティールは『聖書』をひらく。

ケラー　（口をはさむ）司教は参考人で、被告人ではありません。
ティール　（『聖書』を閉じる）読みあげることはできません。
ビーグラー　なぜでしょうか、司教？
ティール　『聖書』は自殺を禁じていません。
ビーグラー　自死を非難してもいないし、断罪してもいないし、禁じてもいませんよね。この分厚い本のどこにもそういう箇所はない。
ティール　はっきり言及はしていません。
ビーグラー　はっきり言及していないというのなら、なぜ自死が他殺に匹敵する罪なのか説明していただけませんか？　わたしが理解したかぎりでは、それが自死の幇助を否定するあなた方の根拠のはずですので。
ティール　教父アウグスティヌスが……
ビーグラー　（口をはさむ）……ヒッポのアウグスティヌスですか？
ティール　そうです。アウグスティヌスは紀元四〇〇年ごろの人で、古代後期の四大教父のひとりです。
ビーグラー　千六百年前にアウグスティヌスは自死についてどういったのでしょうか？

ティール　アウグスティヌスは五世紀初頭に書いた『神の国』で触れています。十戒の五番目の……

ビーグラー　……「汝、殺すなかれ」……

ティール　……ええ、そうです。そしてそれは他者に対してだけでなく、自分自身にも当てはまるというのです。自分自身を殺すことも禁じているわけです。自殺は大罪だとアウグスティヌスは考えていました。自殺者は悔い改めることができないから、最悪の大罪だとさえいっています。

ビーグラー　悔い改めることができる殺人者よりも始末におえないということですか？

ティール　自殺者は永遠にその機会を失うのです。わたしはキリスト教徒として、この意見に与します。

ビーグラー　理解に苦しみますね。それ以前は何千年にもわたって自死は禁じられていませんでした。不道徳でもなかったのですよ。それどころか、古代ローマの哲学者セネカなどは紀元六二年に、生きることと自死することについてこう書いています。「生きたいのなら生きればいい。生きたくないのなら、汝が来たところに戻ればいい」

セネカは本当に道徳を重んじる人でした。小カトー（紀元前九五年―紀元前四六年。共和制ローマ期の政治家）はかなり凄惨なやり方で命を絶っています。そうすることで英雄となり、古代ローマの貴族の鑑（かがみ）と称揚されました。古代ローマ帝国において、自死は自由人にとって当然の権利だったのです。自死を含め殺人を全面的に禁じたアウグスティヌスは、当時としてはかなり突飛な考えの持ち主だったといえるでしょう。どうしてそういう考えを持つようになったのでしょうか？

ティール　当時は神の下に行きたくて死にたがる若いキリスト教徒が大勢いたのです。アウグスティヌスはそれを止めようとしたのです。

ビーグラー　それは理解できます。しかし間違ってはいませんか？

ティール　どういう意味でしょうか？

ビーグラー　神の言葉を反映する『聖書』は、死刑を犯罪とはみなしていませんよね？

ティール　犯罪とされるのは殺人です。

ビーグラー　それは矛盾していませんか？　人を殺したら、その罪で殺されることになります。だとすると、殺人の禁止はあなたやアウグスティヌスがいう「全面的」なものではなくなりますよ。

ティール　死刑は例外です。
ビーグラー　ほう、例外ですか。本当に？　しかし誘拐犯も死刑になりましたね。
ティール　ええ。
ビーグラー　親を呪った場合もそうでしたね。朝食の席で父親に不謹慎なことをいっただけで処刑された。どこが殺人の全面的な禁止なのでしょうか？
ティール　しかし……
ビーグラー　（発言を妨げる）そもそも殺人は必ずしも禁じられていませんでした。奴隷を死ぬほど殴っても罪に問われることはなく、息を引き取ったのが翌日であれば、罰せられることはありませんでした。自分の所有物は好きにしてかまわないと『聖書』に書かれているからですよね。
ティール　それはそうですが……
ビーグラー　（発言を妨げる）まだあります。姦淫(かんいん)に耽(ふけ)った者は処刑されました。戦場での殺人は許されました。魔女の殺害は認められていました。正当防衛なら相手を殺しても罪に問われませんでした。あなたやアウグスティヌス、あるいは教皇はどうして殺人の全面的禁止を主張できるのですか？　すこしも全面的禁止などされていないではありませんか。

ティール　それは『旧約聖書』の話です。『新約聖書』には、殺人を認めるなどとはどこにも書かれていません。
ビーグラー　十戒は『旧約聖書』に記述されているものですね。五番目の戒めもその文脈で捉えるべきではありませんか？
ティール　わたしたちは古い十戒を『新約聖書』の視点で理解する必要があります。
ビーグラー　ほほう。その説明は、またしてもわたしには複雑すぎます。わたしたちは『聖書』に書かれていることを正反対に理解しなければならないとおっしゃるのですか？
ティール　イエスの山上の垂訓は殺人を認めていません。イエスは隣人を愛せと説きました。たとえそれが敵であっても。
「右の頰を打たれたら……」
ビーグラー　（発言を妨げる）それはわたしの質問に対する答えになりません。でも、まあいいでしょう。たとえあなたが正しいとしても、この数百年のあいだ、あなたのその繊細な解釈に与しない聖職者がいました。
ティール　どういうことですか？
ビーグラー　わかっておいででしょう、司教。カトリック教会自体が殺人の全面的な禁止に抵触しているではありませんか。いわゆる聖戦を考えれば充分でしょう。あるいは異端審問における拷問死や魔女の火炙り。それに何百年にもわたって死刑を支持してきました。他にも……

ティール　（発言を妨げる）第二バチカン公会議で、カトリック教会は教皇国における死刑の廃絶を決めました。一九六五年のことです。それはイエス・キリストの次の言葉に……

ビーグラー　（発言を妨げる）そうなんですか？　しかし一九九二年のカテキズム（キリスト教の教理をわかりやすく説明した入門書）にはこう書かれていますよ。引用します。死刑は「いくつかの犯罪の重大性に対する答えといえる」。そして「公共の福利を維持するためには極端ではあるが、受け入れることが可能な手段」である。教皇フランシスコがこの非人道的な主張を否定したのは二〇一八年のことです。第五の戒めに基づく考えは、必ずしもアウグスティヌスの輝かしい成果でないといえるのではないでしょうか？

ティール　いいかげんにしてください。ドイツ国民の五十四パーセントはキリスト教徒です。あなたはその人たちを愚弄するのですか？

ビーグラー　わたしは理解を深めようとしているだけです。キリスト教において、他にも自死と自死の介助に反対する意見はありますか？

ティール　トマス・アクイナスが……

ビーグラー　(発言を妨げる)……なんですって？　トマス・アクイナス？　アウグスティヌスが死んでから八百年後に生まれた人ですよね。そのあいだ、なにもなかったのですか？

ティール　ええ、ありませんでした。教会はアウグスティヌスの考えを踏襲しました。紀元四五二年のアルル教会会議では自殺は大罪とされました。八十一年後のオルレアン教会会議では、自殺者にキリスト教の埋葬を行わないことが決まりました。そして百六十年後、トレド教会会議でふたたび、自殺未遂者を破門することが確認されました。

ビーグラー　中世の人間にとっては最悪の罰だったでしょうね。

ティール　ええ、たしかに。自殺者の埋葬の禁止は近親者にとってはたいへんつらいことだったでしょう。

ビーグラー　自殺者の亡骸(なきがら)が殺人者と同じように吊るされたり、裸にされて引きまわされたり、石打の刑に処されることを教会は是認していましたね。多くの領地で、自殺者の財産は領主が没収するという法が定めてありました。つまり親族も悲惨な憂き目に遭ったわけです。

ティール　ええ。

ビーグラー　それで、苦痛に満ちた八百年間ののち、トマス・アクイナスがなにか新しいことを書いたのですね。自死についてなんといっているのでしょうか？

ティール　アクイナスは三つの理由から否定して……

ビーグラー　まあ、そうくるでしょうね……

ティール　第一に、自殺は不自然なことであるとしました。生き物はみな、生まれながらに自分を愛するものであり、したがって自殺はそうした自然の摂理に反する罪とされたのです。第二に、自殺は共同体に対する罪であるとされました。第三に、これがもっとも重要な主張ですが、命は神の賜（たまもの）であるとされたのです。生きるか死ぬかを決められるのは神だけだということです。

ビーグラー　いやはや。

ティール　いやはや？

ビーグラー　最初の主張はナンセンスですね。人間が無条件に生きることを望むなどということはありません。それはただの主張です。しかもうがった主張とはいえませんね。それに自殺が罪なのは、自殺が罪だからであるとは、まさに循環論法ではありませんか。

ティール　しかし自殺は、わたしたちが属する共同体を損なうではありませんか。

ビーグラー　その主張も新しいものではありませんね。最初にそう主張したのは、たしかアリストテレスだったはずです。すでに当時から正しくはありませんでしたが。

ティール　なぜですか？

ビーグラー　その主張は理想的な国でしか通用しません。人間が命を絶つのは、まさに共同体と折り合いがつかないからではありませんか。

ティール　そうかもしれませんが、それでも間違いです。共同体に奉仕するのは人間の義務なのですから。

ビーグラー　たぶん共同体が奉仕を求めるからでしょうね。まあ、いいでしょう。もっとも重要なのは第三の主張だとおっしゃいましたね。

ティール　それは絶対です。

ビーグラー　なるほど、絶対ですか。

ティール　トマス・アクイナスはいっています。命は神さまが与えたものであるから、それを奪えるのも神さましかいない。命のはじまりに本人は介入できません。つまりその人に自己決定権はないのです。人生の最後も同じです。命は神さまからあなたへの贈りものなのですから。

ビーグラー　くれたものを返してはいけませんか。
ティール　だめです。それが許されるのは神さまだけです。
ビーグラー　一風変わった贈りものですね。避雷針の発明を思いだします。
ティール　なんですって？
ビーグラー　人間は数千年にわたって雷を恐れてきました。神の怒りだと考えたからです。
ティール　自殺幇助とどういう関係があるのですか？
ビーグラー　雷が近づくと、人間はなんとかして神の怒りをなだめようと考えました。キリスト教徒は教会の鐘にヨルダン川の水をかけてから鳴らしました。チーズと卵を塗る場合もありました。
ティール　チーズ？
ビーグラー　ええ、キリスト昇天の祝日に作られたチーズと、その日にニワトリが産んだ卵です。信者たちは、神がそれを見て、手心を加えてくれるように、チーズと卵を持ちだしたものです。カトリック教徒は卵とチーズ。プロテスタントは村のみんなを起こして祈りを捧げ、自分の罪を大声で告白したといいます。雲の上の神まで届けとばかりに叫んだのです。雷が鳴ると、チーズと卵と鐘と祈りで大騒ぎになったというわけです。

ケラー　本件とどういう関係があるのでしょうか？

ティール　愚かな迷信だったということです。

ビーグラー　たしかにルターは雷のせいで修道士になりましたからね。

ティール　ああ、ルターね……

ビーグラー　十八世紀半ば、状況はすこし好転しました。雷は神と関係ないと理解したからです。一七五二年にベンジャミン・フランクリンは嵐の中、尻尾に鍵をつるした凧を飛ばす実験をしました。かなり危険な実験でしたが、フランクリンの理論は証明され、避雷針が発明されるに至ったのです。一七六七年、ハンブルクのニコライ教会に雷が落ちました。二年後、聖ヤコービ教会の屋根に避雷針が取りつけられました。長い目で見て、そちらのほうが祈るよりもいいと判断されたのです。

ティール　いい話ですが、わたしにはいまだに……

ビーグラー　（発言を妨げる）話は簡単です、司教。教会は当時、避雷針に対して、あなたがいま自死の幇助に対して行ったのとまったく同じ主張をしたのです。数百年にわたって雷鳴と稲光は神の罰とみなされていました。司祭は神による怒りの裁きだと説教し、悔い改めて、罪を告白すべしと訴えました。ところがフランクリンの発明以降、神の領分を荒らしてもいいのかという問題が持ちあがりました。避雷針を取りつけるのは、神の領域を侵害することになるというわけです。ですから、多くの人はチーズに頼ったほうがいいと判断しました。

ティール　馬鹿げていますね。

ビーグラー　そうともいえないのではありませんか？　あなたはいま、生死を司るのは神だけだから、そこに介入してはならないとおっしゃいました。『聖書』や教皇の言葉まで引用しましたね。命は神さまからわたしたちへの贈りものだ、と。しかし人間はその命の長さを自分で延ばしているではありませんか。十九世紀の平均寿命は四十歳ほどでした。それがいまでは、世界平均は七十一歳です。先進国では八十一歳にまで達しています。当時は児童の三分の一が五歳の誕生日を迎える前に死にました。いまでは最貧国でも児童の死亡率は十パーセントです。理由は神が急にやさしくなったからではありません。医学の進歩と啓蒙によるものです。しかしあなたの言い分では、そのすべてがフランクリンの避雷針と同様に神の領域に土足で踏み込むことになる。馬鹿げていると思いますがね。まさかペースメーカーや蘇生法までが神を蔑ろにするものだとはおっしゃいませんよね？

ティール　それは極論です。ひどいおっしゃりようだ。

英国推理作家協会（CWA）インターナショナルダガー賞受賞

スウェーディッシュ・ブーツ

ヘニング・マンケル　柳沢由実子 訳

ISBN 978-4-488-01122-2　定価 2,860 円　四六判並製

一人小島に住む元医師のフレドリックは、火事で家を失ったうえに、放火の疑いをかけられるが……。CWAインターナショナルダガー賞受賞。北欧ミステリの帝王最後の作品。

「本格ミステリ・ベスト10」1位作家 最後の未訳長編

すり替えられた誘拐

D・M・ディヴァイン　中村有希 訳

ISBN 978-4-488-24013-4　定価 1,320 円　創元推理文庫

問題児の女子学生を誘拐するという怪しげな計画が本当に実行されたのち、事態は二転三転、ついには殺人が起きる。謎解き職人作家が大学を舞台に書きあげた最後の未訳長編！

ビーグラー　すみません、司教。しかし、あなたには現実が違って見えていると思うのです。アウグスティヌスは、人間はキリストの兵士だから、脱走は許されないと書いていませんか？
ティール　ええ、アウグスティヌスはそういっています。
ビーグラー　人間はいかなる苦痛にも耐え、諦めてはいけないということですね？
ティール　ええ、そういう意味です。人間は強くあらねばならず、罪を背負って死んではならないのです。
ビーグラー　それはどこから来るのですか？
ティール　なにがですか？
ビーグラー　罪の観念です。あなたが自死の幇助を否定するのは、その観念に基づいていますね。罪の観念なしに、あなたの考えを理解することはできません。
ティール　罪とは神の掟を破ることにほかなりません。
ビーグラー　たしかイエス・キリストはわたしたちを罪から救うために死んだのですよね。
ティール　わたしたちを救済するためです。
ビーグラー　人間が犯した最初の過ち、原罪ゆえに、わたしたちは救済される必要があるのですね？

ティール　罪こそが人間と神を分かつものです。キリストによってはじめてそれが癒やされるのです。

ビーグラー　最初の罪はアダムとイブによるものですね。ふたりは禁断の木の実を食べてしまう。神の罰で、人間は冷酷な世界で悲惨な暮らしをし、死に至ることになったわけですね。しかし神はアダムとイブにとどまらず、その後に生まれたすべての子孫にも判決を下したのですね。

ティール　それが原罪です。

ビーグラー　そこがどうにも納得いかないのです。罰は罪を犯した人に与えられるという原則を、神は認めていないわけです。

ティール　原罪は生物学的に理解すべきではありません。

ビーグラー　というと？

ティール　人間はだれひとり、自分ではどうにもならないのです。自分の人生をゼロからはじめられる人などだれもいないのですから。わたしたちはみな、過去にがんじがらめにされているのです。原罪とは状態であり、個人の行いではないのです。わたしたちは原罪を抱えて生まれてくるのです。アダムとイブの物語は実際にあったことではなく、人類の象徴なのです。

ビーグラー　あなたはそれでショックを受けないのですか？

ティール　なんですって？

ビーグラー　あなたが信じる宗教では、子どもはみな、生まれる前から遠い先祖の罪を受け継いでいるというのでしょう？　先祖だけではない、全人類の罪を受け継いでいる。

ティール　いま申しあげたように、それは象徴です。

ビーグラー　じつに残酷な象徴ですね。あなたによれば、神はイエス・キリストの姿でその罪ゆえに拷問を受け、十字架に磔（はりつけ）になったわけですね。

ティール　そうです。

ビーグラー　申し訳ないですが、それって変だと思いませんか？

ティール　どういう意味でしょうか？

ビーグラー　実際には存在しないふたりの人間が犯した象徴的な罪のために、イエスは途方もない苦痛を味わいながら命を落としたことになりますよ。

ティール　わたしたちには理解しがたいことです。

ビーグラー　しかも原罪の責任は、あなたが信じる神自身にあることになります。神は知恵の木を植え、邪なヘビを創造した。よくよく考えると、犯罪のきっかけを作ったのは神ということになります。全能であるなら、アダムとイブが罪を犯すことはわかっていたはずです。そしてその後、人間の姿になって、自分を死に追いやり、自分が原因を作った罪からわたしたちを救済する。ちょっとおかしくはないでしょうか？

ティール　繰り返しになりますが、教理では、原罪の継承は完全には理解しえない秘蹟だとされています。

ビーグラー　教理ですか。いいでしょう。神は罪からわたしたちを救済する、もちろんそれには大いに賛成しますが、もしそうなら、どうして初めから救済しないのでしょうか？　恐ろしく複雑で、血塗られていて、残酷で、不合理で悲しい歴史を人間が歩んできたのはなぜですか？　そしてこういってよければ、原罪のどこにいいところがあるのでしょうか？　生きる気力を奪い、人間をちっぽけで醜い存在にしているではありませんか？

ティール　神はそのようなことをしていません。失礼な物言いはやめてください。

ビーグラー　しかし司教、こういってはなんですが、あなたの教会にもまったく異なる見解、まったく異なる神のイメージを持つ人がいますね？　たとえばハンス・キュング。

ティール　キュングはカトリック教会を代弁しているわけではありません。

ビーグラー　けれども現代のカトリック神学者の中でも、もっとも多く読まれていますよ。キュングに信を置く、敬虔なキリスト教徒もたくさんいます。臨死介助に関わる問題で、教会指導部は時代遅れだとキュングはいっています。引用します。

「わたしも命が神の恩寵であることは確信している。［……］わたしも命を与えられた。［……］だがだからといって、この恩寵が責任を意味するのは違うと思っている。［……］なぜその責任が最後の局面までつづくといえるのだろう？」

キュングは特定の条件下であれば、自死の介助を行うことはキリスト教と相容れるはずだといっています。

ティール　キュングは勝手にいっているだけで、カトリック教会の公式見解ではありません。

ビーグラー　人間は神の似姿であり、だからこそ自由な決断が許されるという考え方はより人道的で、幸福をもたらすものだと思います。そのことは認めるべきでしょう。

ティール　教会がまさしく社会に求めている絶対的な生命保護と矛盾します。

ビーグラー　これでは堂々めぐりですね。では別の角度から質問しましょう。不遜だと取られないといいのですが。幸福を追求し、苦しみを避けようとするのは人間にとって正しいことではないですか？　それは人間の本性ではありませんか？　人間の本性ですよね？　だとすると、司教。人間が苦しむのは無意味ではありませんか？

ティール　それは……（口をつぐむ）

ビーグラー　（間を置いて）どうでしょうか、司教？

ティール　（さらに長い間。それから聞こえないくらい小さな声で独り言）生きることは苦しむことです。

ビーグラー　なんですって？　意味がわからないのですが。

ティール　生きることは苦しむことを意味するのです、ビーグラーさん。キリスト教は苦しみの宗教なのです。現代において、それは困難なことですし、そぐわないものです。あなたの意見は多くの点で正しいといえます。啓蒙主義は多くの点で正しい。アウグスティヌスとトマス・アクイナスの主張は、現代では人々を納得させられないかもしれません。しかし、そういう信仰があるのです。わたしが信じるものです。苦しみはしばしば耐えがたいほど恐ろしいものです。ええ、キリスト教を信じる者が抱える苦しみは決して罰ではありません。苦しみは復讐とは無縁で、浄化に等しいのです。

ビーグラー　浄化？
ティール　ええ。ビーグラーさん、あなたのような方々はつねに自分はすべてを知っていると考えるものです。ビーグラーさん。あなた方は二一七条を否定し、その目標を達成しました。しかし、あなた方が呼び覚まし、もはや葬り去ることができない亡霊がなにか、本当にご存じですか？　それがそもそもなにを意味するか、わかっているのですか？
ビーグラー　教えてください。
ティール　三年前から、若い女性が毎日わたしの教会にやってきます。その人はいつも同じ席にすわります。ひざまずくでもなく、祈るでもなく、ろうそくを灯すでもないのです。見学者が音を立てても気にもしません。
ビーグラー　それで？
ティール　二ヶ月前、わたしは声をかけてみました。好奇心を覚えたからです。
ビーグラー　その人はなんといいましたか？
ティール　その人は現在三十一歳で、六年前、つまり二十五歳のときに、幼い子どもを車で轢（ひ）き殺してしまったのです。その子はボールを追いかけて、駐車してある二台の車のあいだから飛びだしました。その女性は起訴されませんでした。しかし自分の人生が崩壊してしまい、そのことに耐えられなかったのです。入院してセラピーを受け、薬をのみましたが、なにひとつ役に立ちませんでした。その人は夫と別れ、すべての友人と連絡を絶ちました。なにも考えずに済むような退屈極まりない仕事につきました。

ビーグラー　なるほど。

ティール　この若い女性は死を望んでいます。自分の人生は終わったといっています。その人が口癖(くちぐせ)のように繰り返す言葉には随分考えさせられました。

「みんな、わたしを許してくれました。でもわたし自身が許せないのです」

　ビーグラーさん、あなたの依頼人は何歳ですか？

ビーグラー　七十八です。

ティール　七十八歳ですか。命を捨てるといっても、残りは数年といったところでしょう。それでも充分ひどいことですが、この若い女性はまだ長い人生を歩むことができるのです。家族を持ち、子どもをもうけ、ふたたび幸せをつかむこともできます。わたしたち高齢者は苦しみがずっとはつづかないことを知っていますが、あの女性はまだ若いですから、それを知りません。ビーグラーさん、あなたに伺います……（観客のほうを向いて）……そしてみなさんにも伺います。あなた方は本当にその女性に手を貸しますか？　三十一歳の人に死に至る薬を渡せますか？　本当に？　その後も安眠できますか？

ビーグラー　それは……

ティール　（発言を妨げる）まさしくそれが問題なのです。苦しみを否定し、自殺を望む人は自分の人生の意味を否定しているのです。そういう人は自分を否定し、自分が何者か理解できないのです。現代社会は、幸福にこそ人生の意味があり、自分の死を自分で決められる人こそ自由だと信じています。しかしこれはとんでもない間違いです。わたしはイエス・キリスト、あえて十字架にかけられたあの方を信じます。十字架を背負うこと、それが本当の人生の意味なのです。本当の自由は、神の意志に従ってはじめて得られるものなのです。わたしたちは神の手から落ちることはできません。ビーグラー弁護士、あなたがおっしゃるとおり、キリスト教の信仰は理性的とはいえません。論理的ではないのです。そして妥協を知りません。神は、今日ほとんどだれも顧みず、ほとんど理解されなくなったことを要求しています。つまり人生の最後まであらゆる苦しみに耐え、そこから意味を汲み取れと。

ビーグラー　（長い間を置いて）こういってよければ、あなたの告白に感銘を受けました。しかもすこし理解できたように思います。しかし司教、申し訳ありませんが、あなたの告白が特定の神への特定の信仰に基づいていることはお認めになりますね？

ティール　いかにも。

ビーグラー　ありがとうございました。質問を終わります。

ビーグラーとティール、自分の席に戻って腰を下ろす。

委員長　ありがとうございます。ティール司教への質疑をもって参考人への聴取を終えます。協力してくださりありがとうございました、リッテン教授、シュペアリング教授、ティール司教。つつがなくご帰宅されるよう祈っています。もちろんここにとどまって、議論を聞きつづけていただいても結構です。

シュペアリングは立って退場。他のふたりはそのまますわっている。

委員長　（ゲルトナーに）ゲルトナーさん、死にたいというあなたの個人的な希望について時間をかけて議論しました。まだなにかおっしゃりたいことはありますか？

ゲルトナー　わたしの言葉を聞いてくださり、検討してくださったことを感謝します。この件について自由に議論できるなら、それに越したことはありませんが、ひと言だけ申し添えてもいいでしょうか?

委員長　もちろんです。

ゲルトナー　みなさんはこの暖かいホールで議論しています。みなさんはすてきなドレスやきちんとしたスーツを着ておられる。このあと、みなさんはきっと友人や知人と食事をするでしょう。しかし死について話すのを忘れないでください。これは抽象的な問題ではありません。ひとたび死んでしまえば、何も残りません。暖かいところも、すてきなドレスやきちんとしたスーツも。死の床(とこ)には自分以外なにも持ってはいけません。エリーザベトがいない世界、わたしがいない世界をわたしは想像することができません。すでに申しあげたように、わたしは七十八歳です。自分の人生を生きました。おそらくみなさんの人生と似たり寄ったりでしょう。多くのことをもっと上手くやれたかもしれません。しかし、それがわたしの人生なのです。わたしは人生の最後に当たって、死んでいいかどうかを宗教者や医者などの他人に決められたくないのです。また、列車に飛び込みたくもありませんし、屋上から飛び降りるのもいやです。自分の命を穏やかに終わらせる薬があります。わたしが死ぬことを禁じるモラル、宗教、世界観はすべて間違っています。わたしはわたしに救いの手を差し伸べる用意のある医者を信じます。これ以上いうことはありません。

委員長 （ゲルトナーに）ありがとうございます、ゲルトナーさん。
（観客に）「ゲルトナーさんが死ねるようにペントバルビタールを処方することを是とするかどうか？」

それがわたしたちに問われていることです。ドイツ連邦憲法裁判所は、死を望む者が健康であるか、死に瀕した病人であるかの区別はしないとはっきりいっています。医師は自死の介助が可能ですが、義務ではありません。立法者は後日、乱用を防ぎ、自由意志かどうか確かめるルールを作るかもしれません。しかしいまここでは、原則としての倫理的問題が問われています。死に至る薬を健常者に処方することに、みなさんは賛成しますか？　もし自分が医師であったら、処方しますか？　ゲルトナーさんが人生と決別するとわかっていて、ペントバルビタール剤を渡せますか？　ゲルトナーさんは七十八歳です。では三十代の女性ならどうでしょうか？　みなさんが決断するときは、そのことも考慮しなければならないでしょう。これに答えるのは、この委員会を終えたあとも難しい問題でありつづけるでしょう。みなさんひとりひとりが、自分の倫理観や宗教観に従って決断することになります。そこで大切なのは、みなさんの個人的な考えであって、法ではありません。この場は倫理委員会であって、法廷ではありません。これより二十五分間の休憩に入ります。よく考えて、もう一度ここで披露された主張について議論してください。そして投票をお願いします。

委員長は劇場の事情に従って、どのように投票するか説明する。

では休憩のあと、ふたたびここで会いましょう。ありがとうございました。

第二幕

第二幕

委員長　みなさん、投票結果をお伝えします。ゲルトナーさんのような人がペントバルビタール剤を手に入れることは正しいかどうかという問いに対して、賛成は……人、反対は……人でした。賛成（あるいは反対）は有効投票総数の……パーセントでした。投票してくださったことに感謝します。最後にケラーさんとビーグラーさんの意見を聞きましょう。どうぞ、ケラーさん。

ケラー　数年前、アメリカの連邦最高裁判所が臨死介助について判断を下しました。難しく、興味深い訴訟手続きでした。アメリカの六人の哲学者が法廷に意見書を提出しました。その中には現代における最高の賢人も数人含まれていました。六人の哲学者は、自由な国家はモラルや宗教が絡む議論に関わるべきではないと表明しました。市民が生きるか死ぬかを決めるのは、市民の権利だというのです。哲学者たちはまた、死ぬ決断といった重大な決定においては「司法機関や立法者の側から宗教的あるいは哲学的な基準値に口をだすこと」を慎むべきであるとしました。

　ゲルトナーさんの主張もまさしくこれに相当します。魅力的な意見ですし、ティール司教の感覚よりもはるかにモダンです。これは時代精神に合致しますし、ほとんどの人がこの哲学者たちの考え方に賛同するでしょう。わたしたちは、すくなくとも欧米では、過去に類を見ないほど広範囲にわたる個人の自由を獲得しています。わたしたちはこれまでのどんな世代よりも自立し、自分で決定できる環境に生きています。わたしこれからは自分の命についても自ら決定したいと望むのは当然の帰結であり、医師はその介助をすべきだという話になっています。

　しかし実際には、自由だけでなく、これまでにないほどの孤独をも抱えて生きているのです。イギリスでは最近、「孤独担当大臣」が置かれました。当時のイギリス首相テリーザ・メイは「現代生活における悲しい現実」に鑑み、このポストが必要であるとしました。

　自己決定権には高い価値があります。これを疑う人はいないでしょう。しかし人間は愛情、保護を必要とし、共同体に依存しています。わたしたちが生まれてから死ぬまで相互に頼ることはないと主張するのは無理があるでしょう。たしかに生きる義務はありません。それはきわめて個人的な決定といえます。国家はその決定の埒外になければなりません。しかし本来、わたしたちは社会的な生きものなわけですから、死を望む者が死ぬ手伝いをするのではなく、その人を抱きとめ、翻意するよう働きかけることは必要不可欠です。そういう心根はわたしたちの法と憲法よりも古いものです。それによってわたしたちの共同体ははじめて成り立つのですから、法よりも上位のものといえます。つまり他者の命を自然な終末にいたるまで肯定することではじめて、わたしたちの社会は人間にふさわしいものたりうるのです。自死の介助をする人は基本的にこういうでしょう。

「あなたはもうこれ以上生きなくていいのです」

ひどい言葉ではないでしょうか。なぜならわたしたちの倫理的基盤を破壊するからです。医師や臨死介助団体が自死の介助を許されるようになったいま、いずれ嘱託殺人についても議論されることになる、とわたしは確信しています。そこから要求を「伴わない」殺害まではあと一歩です。法律家や医師や親族によって当人の意志であると解釈されれば殺害を認める時代が来るのです。わたしたちは人類の歴史の中でそれがどんな地獄をもたらすか見てきました。

ビーグラーさんはおっしゃっています。歳をとるのはつらいことだ。これ以上自由を失いたくない、と。しかしそれのどこがつらいのでしょう。ビーグラーさんが歳をとったら、社会の連帯に身を委ねればいいのです。社会が面倒を見て、尊厳を守ることでしょう。ドイツ連邦憲法裁判所は医師による自死の介助を認めました。みなさん、この判断によってこうした連帯は退行します。高齢者、病人、弱者は、生きつづける理由を釈明しなければならなくなります。医師による自死の介助はいまは権利ですが、いずれ義務になるはずです。連帯が現代の生活にそぐわない概念であることはわかっています。しかしそれがなければ、人を人たらしめている人間性を失うことになります。いまでは二十五歳の若者や、ティール司教が引き合いにだした女性が死ぬのを手伝うことが、医師に許されています。これは社会の進歩とはいえません。異常です。未然に防ぎましょう。ありがとうございました。ありがとうございました。

委員長　ありがとうございました、ケラーさん。ではどうぞ、ビーグラーさん。

ビーグラー　わたしたちはいずれ死を迎えます。ここにいる多くの人が心臓・循環器疾患や癌で亡くなるでしょう。わたしたちは多くの場合、病院で生涯を終えます。五人にひとりくらいが介護施設で亡くなり、多くの人が望む自宅での死を迎えられるのは、わずか四分の一にすぎないでしょう。

みなさん、すこし椅子にもたれかかって考えてみれば、ここで問題になっているのはひとつの問いだけだと気づくはずです。それは幇助の是非ではありません。救助義務違反でもありません。嘱託殺人といった過去数百年にわたって法律家が考えてきた概念でもありません。問題になっているのは唯一のきわめて単純で明快な問いです。たぶんもっとも重要な問いでもあります。その問いとは、わたしたちの命はだれのものなのか、というものです。

（自分に向かって）わたしたちの命はだれのものなのか？

（観客に）神のものですか？　国家、社会、家族、友人のものですか？　それとも、わたしたち自身にのみ属するものでしょうか？

　刑事弁護士になってまもなく四十年になりますが、本当に理解したことはひとつだけです。人間は矛盾を抱えた存在だということです。わたしたちはみな、よいこともすれば、悪いこともします。でも本音を明かすことはなかなかありません。わたしたちの社会も同じです。社会は決して均質なものではなく、亀裂が走り、対立が存在し、多面的で、不統一です。わたしたちのあいだではヤハウェ、アラー、ブッダ、空飛ぶスパゲッティ・モンスター（生命や宇宙が知性ある何者かによってデザインされたという説がアメリカの公教育に採用される流れを皮肉ったパロディ宗教）が信じられています。中には自分しか信じない人もいるでしょう。しかし啓蒙された社会では、最終的になにが正しくて、なにが間違っているかということや、世界のあり方の最終判断など存在しないという点で一致できるはずです。

わたしは哲学者ではありませんが、今日の西欧社会では、合意を無理強いされるのではなく、異議申し立てを平和的に行うことが容認されているのではないでしょうか?

その結果どうなるでしょうか? わたしたちが絶対の真理を知らず、また決して知るにいたることがないのなら、わたしたちは寛容であるべきなのです。人間自身が規準となります。

自然も、イデオロギーも、宗教も、教会も規準にはなりえません。規準は神ですらありません。わたしたちの究極の批判者であり、最高の裁き手は人間性なのです。つまり、どう生きて死ぬかの決定を委ねられているのは人間自身なのです。ドイツ連邦憲法裁判所がこの意味で判断したことに、わたしは喝采を送ります。ドイツ連邦裁判所の判断は本来の、そして最良の意味において啓蒙的です。死についてわかっているからこそ、命にやさしいのです。わたしたちの苦しみを理解しているからこそ、人間味があるのです。数百年つづいた闇の時代は終わり、わたしたちはいまこそ自由になることができます。自由を恐れる必要はありません。

二〇〇七年九月二十二日、作家のアンドレ・ゴルツとその夫人はいっしょに命を絶ちました。その一年ほど前、アンドレ・ゴルツは妻宛に手紙を書いています。その一部をここで引用させてもらいます。

「きみはちょうど八十二歳になった。それでも変わらず美しく、愛らしく、愛おしい存在だ。いっしょに暮らして五十八年。だがいまほどきみを愛したことはない。最近またきみに惚(ほ)れなおしている。ぼくの胸には心を蝕(むしば)む穴がぽっかりあいている。その穴を埋められるのは、寄り添ってくれるきみの体の温もりだけだ。夜になると、虚(うつ)ろな風景の中を抜けるだれもいない道を霊柩車のあとについて歩く男の姿を夢に見る。その男はぼく。そして霊柩車で運ばれているのはきみ。きみが火葬場で焼かれるとき、その場にいたくない。きみの遺灰を入れた骨壺など欲しくない。[……]ぼくはきみの息づかいをたしかめ、きみの髪に触れる。ぼくらはふたりとも、どちらかが先に死んだら、もう生きつづける気になれないだろう」

　みなさん、わたしたちの死は、わたしたちのものでなければ、いったいだれのものなのでしょうか?

委員長　ありがとうございました。
（観客に）遅くなりました。この難題についての議論ははじまったばかりで、まだ出口が見えません。ビーグラー弁護士はわたしたちの生と死がだれのものなのかと問いかけました。みなさんの代わりにわたしが答えるわけにはいきません。しかしその答

えがわたしたちの国、社会、そしてここで議論しているわたしたちの未来を作ること
は間違いありません。エリーザベト・ゲルトナーさんはご主人に、正しいことをしな
さいといいました。では果たしてなにが正しいのか？　みなさん、気をつけてお帰り
ください。そしておやすみなさい。

倫理委員会の本日の討論会はこれにて終了。

付録

付録

実存的、宗教的および文化的観点から見た自死とその介助

ハルトムート・クレス

実存哲学的アプローチ

自分の有限性や死や人生の終わりと向き合うことは、人間存在の特徴だといえる。人間と他の生物とではそこが違う。文化史的に見ると、埋葬の儀礼や葬儀は人類の黎明期からあった。自分の意志で、つまり自分の決定に基づいて命を絶つことができる能力も、人間が他の生物と違う点に数えられる。二十世紀に入ってから、実存哲学の先駆者たちがこのことを指摘している。

未来を考えたとき、人間の傍らで自律型ロボットや知能機械が日常的に大きな役割を担うようになるだろう。だがそうしたロボットや機械と比較した場合でも、熟考した結果として命を絶ち、肉体的存在に終止符を打つ能力は人間固有の特徴でありつづけるはずだ。

こうした観点を総括した言葉を、実存哲学者カール・ヤスパース（一八八三年―一九

六九年）が残している。

「人間は、人間だけに行える明快で純粋な決断によって、情緒に流されることなく、自分自身への忠誠心から自分の命を絶つことができる。それこそが尊厳である」

ヤスパースの生涯に光を当てると、この言葉にきっと共感が持てるだろう。一九〇一年、十八歳のとき、ヤスパースは命に関わる慢性の病気と診断され、三十歳以上にはなれないと覚悟するほかなかった。結果として、寿命は八十歳を超えたが、生涯を通して絶えず健康上の重い負担を抱えていた。このようにして生に挑みつづけたことで、ヤスパースは本人の言葉によれば「病気であっても健全でいられる」術を習得した。

だが、命を大切にし、生命の維持と有意義な人生のために日々努力する一方で、ヤスパースとユダヤ系だった彼の妻は、いざというときに命を絶てるように毒入りカプセルを携行していた。ナチ時代には、逮捕、連行される恐れがつねにつきまとっていた。ふたりは一九四五年三月三十日にアメリカ軍が時宜よくハイデルベルクを解放してくれたおかげで危機を脱した。

「自死（Suizid）」というテーマを考える上で、ヤスパースの実存哲学ではとりわけふたつの認識が重要である。まず人間の命は、根本的なものであるのが原則で、なによりも優先されるとした。生命こそが個々の人間に個人的な展望と生きる意味発見の可能性をひらくがゆえに、高く評価し、維持しなければならないというのだ。だがその一方で、例外的なケースや極限的なケース、ヤスパースの用語でいえば「限界状況」にある人間には、自分の人生に終止符を打ち、命を絶つことを検討するだけの根拠があるとした。

従来の否定論

これに対して、自死の正当性は従来、言下に否定されることが多かった。

啓示に基づく三つの宗教、ユダヤ教、キリスト教、イスラーム教は自死を否定し、厳しく禁じてきた。例外は神自身が自死を命じる場合に限られる。この場合、神の意志によるという理由で認められてきた。たとえば殉教がこのケースに当たる。それ以外の自死が否定されたのは、人間の命は神の賜(たまもの)、神の所有物であるから、人間の自由にはならないという主張に基づいている。自死は神の否定、神への不服従に当たるというのだ。この厳格なほどの否定の立場は、いまもローマ・カトリック教会とイスラーム教で堅持されている。治癒する見込みのない重病者が自死を望む場合も例外ではない。

人間には裁量権がないから自死は否定されるという、これと類似した考え方は哲学の伝統でもある。古代ギリシアの哲学者アリストテレスがその考え方に先鞭（せんべん）をつけ、近世に至るまで影響がつづいた。この考え方では、人間は共同体の所有物であるとされる。共同体とは具体的には古代ギリシアの都市国家「ポリス」を指し、近世ヨーロッパでは絶対主義国家を意味した。古代においてすでに自殺者は名誉ある埋葬を拒絶され、このペナルティはその後、教会によって踏襲（とうしゅう）された。

啓蒙（けいもう）時代の新たな試み

思想的な突破口となったのは啓蒙主義哲学だ。啓蒙主義哲学では、人権の中心に個人所有の権利が置かれるという考えが基本理念になったからだ。だれもが所有の権利を持つという考えは、所有物から自分の身体的存在、内面、思考、信念にまで及んだ。ジョン・ロック（一六三二年―一七〇四年）のような啓蒙主義の先駆者は、この指導理念の下で、個人が自己決定し、自分のことを自由に決めていいという現代の人権観の基礎を作った。

自死の問題もまた一貫して論じられてきた。啓蒙主義哲学では、自分の体が国家や専制君主の所有物ではないという理由から、その所有権がすべての人間に認められた。

プロイセン王国のフリードリヒ大王は、こうした考えを受け入れた。一七四七年にプロイセンでは、自殺者の名誉ある埋葬が許されるようになり、一七五一年には自殺未遂の可罰性が撤廃（てっぱい）された。啓蒙主義時代の法学者ベッカリア（一七三八年―一七九四年）はこういっている。

「人間は国家に属さない。ゆえに国法が国外移住や自殺の権利を禁じることは許されない」

文化と法の歴史から見て、この発想は画期的だった。ドイツ帝国の刑法典（一八七一年）はこれに基づいて、当時はまだ自殺（Selbstmord）と呼ばれていた自死（Selbsttötung）を罰するのを断念した。その結果、自死の幇助も罰せられないことになった。ただ二〇一五年、ドイツ連邦議会はこうした啓蒙主義時代のリベラルな考えに水を差した。刑法典に新しく第二一七条を追加し、たとえ重病患者であっても、その人物の自死を業（ぎょう）として幇助（ほうじょ）することは以後罰せられるとしたからだ。これによってドイツ連邦議会は啓蒙時代よりも後退したことになる。二〇一五年に発布された罰則規定を伴（ともな）う禁止は、患者、医師などの関係者の個人的決定権をないがしろにする新しい道徳的家父長制国家たることを表明したに等しい。

医学の進歩による実存的挑戦

なお近代医学の進歩が高度な実存的挑戦を孕むことも強調しなければならないだろう。二十世紀後半に発達した現代の集中医療は無数の人の命を救ってきた。だが人工的な延命や寿命の引き延ばしに成功する一方で、人間としての意義を喪失させ、矛盾をもたらし、苦痛を継続させるだけとなる危険を孕んでいる。

こうした弊害を取り除くには、患者の自由決定が必要だ。患者の自由決定は個人の自己決定権に基づくもので、治療行為の中断や追加措置の断念を要求することを可能にする。それに加えて、ドイツ連邦共和国で充実しつつある緩和医療が苦痛緩和を可能にしている。とはいえ、緩和医療は高齢者や重病者の一部にとって充分な解決策にはなっていない。彼らは苦痛を伴う死や個人の自立性を欠いた死を受け入れようとしない。自尊心が傷つけられ、尊厳をもって死ぬ権利が毀損されると見ているのだ。こうした人々は、矛盾をはらんだ死のプロセスを避けるために、医師といったしかるべき人による自死の介助や最後の看取りを求めている。

精神的・社会的カウンセリング

こうした限界状況（二〇一五年時点）では、当事者が自死を希望すると口にすることができなければ充分な救いにならないだろう。ところが二〇一五年に成立した刑法典第二一七条の禁止法は、自死について医師と気兼ねなく話すことを妨げる。だから別のアプローチ、つまり精神的・社会的カウンセリングを提供しうる環境の整備が意味を持つ。カウンセリングであれば、病気に直面したり、その可能性があって不安を抱いたりして自死を考えている人がなんらかの決断をする際、人間的に寄り添うことができる。同時に当事者が自死を望む理由を吐露することができるので、自死の防止にもつながるだろう。国外、たとえばオレゴン州で医師が患者の自死を介助する場合の条件を定める際にどのような基準を作ったかを見るのは法政策的に意義深いことだ。こうした国外の基準や経験を参考にして、ドイツでも現状に鑑みつつ基準となる視点を確立すべきだろう。

二〇一五年の刑法典の禁止法はもっぱら教会のイニシアティブと支援の下に成立した。その点で、その唐突な禁止のきっかけはいくらか宗教色を帯びているといえる。ひらかれた思考は当面、プロテスタントやリベラルなユダヤ教、そしてハンス・キュングに代表される一部のカトリック教徒の論者に見られる。宗教の次元でも「神は命の所有者である」という古い教義を相対化し、宗教間の相互理解を求める立場から、人間の個人的決定の自由を肯定するロジックが展開されている。

出典

G. Wolfslast/K. W. Schmidt（Hg.）, Suizid und Suizidversuch, C.H.Beck, München 2005.

H. Kreß, Ärztlich assistierter Suizid. Das Grundrecht von Patienten auf Selbstbestimmung und die Sicht von Religionen und Kirchen – ein unaufhebbarer Gegensatz?, Zentrum für Medizinische Ethik, Bochum 2012（オンラインでの閲覧も可）.

H. Kreß, Medizinisch assistierter Suizid – Regulierungsbedarf im Strafrecht?, in: Jahrbuch für Wissenschaft und Ethik, Bd. 20, Walter de Gruyter, Berlin 2016, S. 29–49.

H. Küng, Glücklich sterben?, Piper, München 2014.

E. Klapheck, Jüdische Positionen zur Sterbehilfe, Hentrich & Hentrich, Berlin 2016.

H. Wedler, Suizid kontrovers, W. Kohlhammer, Stuttgart 2017.

著者紹介

ハルトムート・クレスは長年キール大学で倫理学教授を務め、その後ボン大学プロテスタント神学部社会倫理学科教授に就任した。二〇一八年からデュッセルドルフ大学法学部講師。

自死の介助——倫理的論争の観点

ベッティーナ・シェーネ＝ザイフェルト

1　境界、背景

自死（Suizid）という語は自死（Selbsttötung）を意味する、ラテン語由来の言葉だ。臨床的で客観的に聞こえる。潜在的に非難がましいニュアンスがある自殺（Selbstmord）という言葉や、それを美化した自由死（Freitod）という言葉と比べたら、ずっと手垢がついていない。自死を望む場合、さまざまな理由や動機が考えられるし、それを行動に移す場合、その手段も多様だ。自らを銃で撃つ、入水、車や列車への飛び込み、あるいはそこまで血腥くない手段として服毒もある。ただしそれでも殺鼠剤の摂取のように、もだえ苦しむケースもあれば、適した麻酔薬で穏やかに死を迎えるケースもある。最後に挙げた方法は、薬の入手、投与量の決定、確実な投与といった他者の助力を前提とする。

そうした自死の介助がどこまで許され、どこから禁じられるかについては関連する刑法、契約法、職業法によって規定されることになるが、多くの国でその範囲にゆらぎが存在する。そこには「倫理的」判断をどのレベルにするかという問題がつきまとう。倫理的判断は自死の介助を政治的に議論し、法的に規定する際、大きな影響力を持つ。したがって自死の介助の倫理が問題となる。

死の願望の大半は、精神病を発症することによる混乱や唐突な絶望、あるいは薬物摂取や突発的な生命の危機によって生じる。そうした願望の実行についてはあらゆる手段を講じて阻止し、また自死の介助をすべきではないというのはわかる。そもそも介助者の動機が利己的だったり、死のうとする者の動機が第三者に対して無責任だったり、その第三者が人間としての義務感や責務を忌避（きひ）したりした場合は、自死の介助について倫理的に議論する以前の話になるだろう。

だから自死の介助は、倫理的には、はじめから特例に対してのみ問題になる。不治の病や（はるかに議論の余地がある）高齢者の人生への倦怠感（けんたいかん）が起因となる、いわゆる責任を伴わない死への願望がそれだ。長く熟慮した結果、不治の病や、慢性病や、苦痛にすらなる衰弱といった状況に置かれて、あるいはいずれそうなると見込まれて生きつづけるよりは、死を選んだほうがずっとましだと確信した人の場合だ。その場合、耐えがたいことや、尊厳や、意味の喪失が、生きる甲斐があるかどうかを主観的に判断する鍵となる。そういう自死の希望者が致死薬を入手したり、看取りを伴う支援を受けたりする方途があってもいいのではないか。それも医師や臨死介助団体や関係省庁を通じて。

この問題は目下、多くの社会で議論の対象になっている。ますます意味深くなっているこの事案は、現代の生活環境をめぐる四つの視点と関連している。

(i) 日進月歩のハイテク医療によって患者は命を救われるだけでなく、身体的に、あるいは精神的に衰弱したとしても生きつづけられる。曾祖父の時代には考えられなかった状況にある。

(ii) 医学的な診断や予測の信頼性が飛躍的に高くなっている。精神を圧迫する絶望的な状況にもなっているが。

(iii) 高齢化率が高くなった結果、個別のケースで心を麻痺(まひ)させる倦怠感が生まれている。

(iv) わたしたちの文化では、人生を自己決定することが高く評価されるようになり、自分がどのように死ぬかという問題も考えざるをえなくなっている。

こうしたことが背景となって、複雑で難しい倫理的問題が生じている。

2　自死はどんな場合もスキャンダラスか

責任を伴わず、無責任でもない自死それ自体が認められるときにかぎって、自死の介助は倫理的に認められると判断することができる。ドイツをはじめとする西欧諸国でアンケートを実施した結果、どちらに対しても圧倒的にリベラルな意思表示がなされた。ところが、ドイツの政界、メディア界、医学界には自死の介助にひどく懐疑的な人が多い。こうした人々は、神と運命に身を任せて「自然」な死を待つべきだという、宗教観を反映した考え方を共有しているようだ。こういう観点からは、すべての自死に対して可能なかぎり高い障壁を作ることが肝要だという主張が生まれる。しかしこれでは、医療行為がすでに「人工的」なものであると広く認識されているのに、それを見落として、病気や死を「自然」に任せようとしているのと変わらない。もし自分に対してや、同じ信仰をもつ共同体に対してこの考えが内容的に整合性があると主張されるなら、矛盾は免れないだろう。神を引き合いにだし、齟齬(そご)を生じさせているという点において、この観点は一般的拘束力を有する世俗の倫理に対して無効となる。

死を望む者が残された人生を短くする手段として自死を選ぶことのどこがそれほどスキャンダラスなのだろうか。医療行為の欠如とか、不必要な隔離とか、愛のない介護といった「有責」だといえる環境でそういう決断に至ることのほうが、よほどスキャンダラスではないか。人生と決別したくなる外的要因が改善されれば、自死の横行はなくなるだろうともいわれているが、そういう要因が充分に改善される見込みはまずない。病気が患者を衰弱させ、慢性化する場合。介護に完全に依存する場合。愛する人や信頼する人が亡くなったり、そういう人と縁が切れた場合。そういうつらい状況では、それに対する答えとして死を願望しても決してスキャンダラスではないだろう。

3　検証中の自死およびその介助を正当化する三つの根拠

自己決定――だれもが「わが家」の主人たりうるというのが啓蒙時代以来、リベラルな哲学と政治の信条だ。ただし自己決定権の射程は他人の権利や利益を毀損しないことを前提とする。これの意味するところは誤解されることが多い。人生を形成する際の自己決定の「権利」はそれ自体、人生を成功させるための確実な対処法にも、心のコンパスにもなりえない。また自死を決断する際に孤独感や強迫感に苛まれがちなのがリベラルな信条のせいであるわけでもない。オプション以上でも以下でもないのだ。自分の死を巡っては、死期を早めることなく、なにもせずにただ死ぬときを待ち、最期の瞬間を体験したり、甘受（かんじゅ）したりするというのは謙虚なことだが、勇気のいることでもあるだろう。それをよしとしない者にとって、我慢できないものとなりうる人生の終わりを耐えるまでもないというのは、まさに人間の特権といえる。そうした実存的な問題の主権が個人に委ねられること、それは自己決定を論じるときの核心だ。

尊厳――医療倫理において、尊厳の主張はしばしばインフレを起こし、異論を差しはさむのに利用される。自死の介助の場合も同様だ。たとえばドイツで緩和医療組織を利用することは尊厳をもって死ぬことを保証するものだとみなされている。痛みからの解放は薬を投与することで、ほぼすべての末期患者に対して実現可能となるし、痛みを除去できない少数の患者には鎮静剤を投与して死を感じさせないようにすることも可能だという。最近では、看取られての断食死も選択肢として認められてきている。ところが自死の介助は断固として拒絶されている。

たしかに緩和医療は、患者が痛みを伴わず、包括的な「ケア」を受けながら人生の終末を過ごせるようにしたという点で多大な貢献をしているのは事実で、尊厳ある死への対処としてもっとも重要な成果のひとつといえる。緩和医療がだれにでも提供されるべきなのは当然のことであり、もっと推進する必要があるだろう。しかしいざ自分が死ぬ段階になったとき、緩和医療は必ずしもすべての人にとって最終的で最善の答えにはならない。自死の介助を倫理的に受け入れ、法的に許可している国々（世界には一ダースほど存在する）のデータによると、苦痛緩和が当該者にとって最優先事項になるとはかぎらないことがわかっている。絆の喪失、病んだ体で耐えたくないこと、空虚なまま生きたくないこと、つまりよくいわれる主観的な「尊厳」が問題なのだ。こうした場合、尊厳を客観化することはできない。

苦しみからの救い――自死の介助をめぐる議論では、とくに自己決定の危うさが問題になるが、実際には、そういう状況に立たされた患者にとって原則の是非はどうでもよく、具体的に命にかかわる苦痛によって生きることに耐えられないことこそが問題となる。だから求められるのは別の医療倫理の指導原理、つまり救済や慈愛だ。古びた言葉（そして宗教的なニュアンスを持つ）だが、はるかに人間的で切実だ。そこでは思いやりや行動を伴う隣人愛が肝要となる。そういう見地からは、患者を積極的に死に至らしめるのは馬鹿げたことで、まさに「思いやりがない」といえるかもしれない。生命維持を目的とする治療を中断する場合ならまだしも、そのような選択肢がない中で、患者が致死薬を服用することは許されない、というのは不合理であり、極めて無慈悲なことに思われる。人々に思いやりがあれば、仮にある人物が「野蛮」な方法の自死を選ぶことが可能だとしても、それが関係者全員にひどい負担をかけるとわかるだろうし、さらに「出口戦略」（作家ヴォルフガング・ヘルンドルフ（脳腫瘍を宣告され、二〇一三年に自死を選択したドイツの作家。生前書き込んでいたブログで、死後出版された『作業と構造』の中でこの言葉を使っている）がこういう表現をした）を確実に練って、人生の最期に苦痛を大幅に緩和することもできるだろう。

4　検証中の自死およびその介助への三つの反対意見

医師の倫理——だが医師の倫理は右に挙げた立場を批判し、いかなる形であれ自死の介助を禁じている。治療、救助、緩和への義務がある以上、医師が死の天使となれば、職業としての整合性を毀損し、患者の信頼を失う恐れがあるという。しかしどちらの主張も納得がいかない。生きつづけることに懐疑的な患者に対して責任を伴わない自死の介助をしようとする医師は、医学の目的にも、職業上の義務にも反しないし、義務があるとするなら、今後、自死を検討するかもしれない患者を含む社会も議論に加わらせるべきだろう。死の願望および介助について医師と率直に話せるようになれば、医師への信頼は低下するどころか、高まる可能性すらある。それは諸国のデータから明らかだ。

二律背反——もちろん判断に迷うことも多いだろう。自分の生死がかかっていれば、第三者に懐疑的になり、警戒するのは無理からぬことだ。だがカウンセリングの義務化、熟慮期間、承諾の段階化、ダブルチェックなどの検証に関心を持たない関係者はいないはずだ。こうした検証では、これまでのデータに基づいて適切な規則を見いだす必要がある。患者が迷うのは当然のことだ。しかし結局、この二律背反を克服することは本人にしかできない。

誤ったシグナル——自死の介助に反対する顕著な論拠は、規制が倫理的にも法的にもリベラルなものになると蔓延(まんえん)と乱用の危険が高くなるという点にある。悲劇的な個別のケースで自死を介助するのは理解できるし、認められるが、社会が介助の利用に慣れてしまうことには問題があるというのだ。自死の介助が「普通」のことになってしまうというわけだ。「普通」という言葉には、多義的であるという問題があるために、この主張は賛同を得やすい。自死を簡単に決められるという意味での「普通」なら、だれも望むはずがない。だが自死の願望が、熟慮した信頼できるものであり、正当な形で実行に移せるという意味での「普通」なら別だろう。オランダのデータが示すように、公的に受け入れられた方法を利用する患者は当面増加するだろう。だが警告を発するのは、巧妙な心理的圧迫の下でこうした手段が選択され、本当に自由な選択ができなくなった場合だけでいいだろう。望まない展開を妨害し、警戒するのは、自死の介助を認めるリベラルな倫理観への大きな社会的挑戦だ。しかしどうして制限すべきなのだろう。乱用されたり、強制されたりすることがないようにするのは、人間が共生するほぼすべての領域で倫理、法、政治が担う中心的な役割のひとつではないか。

他人もそうするからとか、そう期待されているからといって、車を気ままに走らせるように重病者が死を選ぶようになるといっても、そうした仮説に経験的な根拠は一切ない。逆にそうした死の決断に応じた自由意志による責任を保障することは可能だろう。だが緩和医療が医学的、人間的にいくらすぐれていても、そういうことに対応することはできない。

だがまさにこの点から、生きることに倦んだ場合の自死の介助をめぐって倫理的な論争をする際、独自の問題が生じる理由も見えてくる。生きることに倦むというのが他者（社会や個人）の責任でないことがどういう尺度で保障されるのかという問題だ。それというのも、これが自死の介助を倫理的に受け入れるときの条件になっているからだ。

負荷に耐えうる答えを、わたしたちはまだ持ちあわせていないといえるだろう。生きる喜びや生きる意味を高齢になってもいかに維持するか、またそれが失せたときにどうするかといった、長寿との付き合い方を、老いも若きも学ばなければならない。

もしかしたら他者への責任を伴わずに、空虚になり億劫（おっくう）なだけの人生に自ら決別するという選択肢が百歳の人に受け入れられ、頻繁（ひんぱん）に利用される日が来るかもしれない。わたしたちがこうした議論に及び腰になるのもわかるが、いずれそういう議論に耐えなければならないときが来るだろう。とはいえ、当面は重病者に対する自死の介助があらゆる社会の主たる問題となる。

5 展望

このエッセイを書いていた二〇一九年末、ドイツでは自死を決断した重病者がそれを合法的に実行する方法は三つしかなかった。スイスへ行くか、法的制裁も覚悟の上で、主流となっている職業的倫理に背（そむ）き、介助を繰り返す医師に協力を仰ぐか、凄惨で孤独なやり方で死ぬかだ。かつてわたしはこう書いた。
「それではいけない。公（おおやけ）の場で責任を持ち、充分な情報に基づく思慮深い議論が必要だ」

二〇二〇年二月二十六日、驚くべきことに、ドイツ連邦憲法裁判所が、他者への責任を伴わない自死における自発的な介助に対して、それまで主流だった法的制限を無効にした。ドイツ基本法の観点から、連邦憲法裁判所はリベラルな倫理の立場を擁護（ようご）

し、自己決定権は熟慮した自死と、それを納得できる方法で実行することも含むとした。しかもこのことは致死的な病や不治の病の場合だけにかぎらない。つまり刑法と職業法で求められている生命の保護が、他者への責任を伴わない当事者の意志に反することはないというのだ。とはいえ、熟慮が足らず、早急で、病的な判断から人々を守るためには、立法上の新たな措置が必要だろう。

世界でも前例のない、明晰で、あくまで自立性を擁護する（およそ百ページの）連邦憲法裁判所の判断が活字になれば、コメントの嵐となるだろう。怒りの声や安堵の声が寄せられ、妥当なものからまったく不当なものまで、さまざまな解釈と結論がメディアを賑わすことになるだろう。理解し、許容し、政治的に対処するためには、あらためて公の議論が必要だ。フェルディナント・フォン・シーラッハの戯曲『神』は、そこに一石を投じると確信している。健康体だが、生きることに倦んだ人が自死の介助を求めるというきわめて問題含みの事例を扱うことで、情報に通じ、他者への責任を伴わない自死の介助を求めるあらゆる人に関する倫理的な物議を醸すだろう。しかも徹底的で、勇敢で、情報に通じた形で。自死を望む主人公、妻を亡くした建築家はちなみにまだ百歳にもなっていない……

著者紹介

ベッティーナ・シェーネ＝ザイフェルトはミュンスター大学の講座「医学における倫理」担当の教授。二〇〇一年から二〇一〇年まで、国民倫理委員会（二〇〇八年からドイツ倫理委員会と改称）のメンバー。

法における自死

ヘニング・ローゼナウ

I　自己決定と自死

法律家はしばしば死についての判断に難儀する。生命こそ憲法上でもっとも価値あるものとしている者にとって、臨死介助や死を目的とした介助に同意するのは難しい。自死の介助はいうまでもない。それゆえドイツ連邦裁判所の刑事大法廷はかつて、自死（Suizid）を認めれば道徳律を毀損するとみなした。何人も自分勝手に自分の命を扱ってはならないと。一九五四年のことだ。いまではもうこの考えに与する者はいないだろう。ところが連邦裁判所は二〇〇一年、法秩序は自死を違法とみなすと主張しつつ、それでもこの判断に持続性はないという認識があることも認めた。人間の命がドイツ基本法の価値序列で最上位に位置するというのは誤りだからだ。そのことはドイツ基本法をすこし見るだけでわかる。第一条では人間の尊厳が最上位に位置している。これは不可侵である。生命は第二条第二節ではじめて言及されているが、これは生命権が侵害されたときに限られる。正当防衛や警察による救命射撃のみが想定されている。ドイツ基本法第一条の人間の尊厳（厳密にはドイツ基本法第二条第一項における人格の自由との関連で）は一般的人格権によって保障されている。これは自己の才能を自立して発揮する可能性を保障している。基本法によって保護された自己決定はすべての生命に該当し、尊厳ある死のあり方の規定も同時に含んでいる。

自死が道徳と法に反するという時代遅れの反対意見は生きる義務を根拠にするだろうが、そんなものは存在しない。ドイツ基本法における自由の保障を縮小しはしても、強化するものではない。ヨーロッパ人権裁判所は、この死に際して自己決定をする権利を多くの判決の中ではっきりと認めている。

ヨーロッパ人権裁判所はもちろんドイツ基本法を適用できないが、ヨーロッパ人権条約（欧州評議会が作成し、一九五三年に発効した人権と基本的自由の保護のための条約）第八条第一項にも、私生活の尊重を受ける権利について同様の規定が含まれている。この第八条に基づいて、ヨーロッパ人権裁判所は自分の命をどの時点でどのような手段によって終わらせるか決める権利がすべての個人に保障されているとみなしたのだ。ドイツ連邦行政裁判所は二〇一七年、熟慮した末にこの決定を認め、ドイツ連邦憲法裁判所も二〇二〇年二月二十六日に、この考えがドイツでも法的拘束力を持つと華々しく承認した。

Ⅱ　臨死介助の自己決定の強化

ところが、憲法やヨーロッパ人権条約において付与された死の自己決定権が具体的にはなにを意味するかは一度も確認されていない。むしろ、裁判所は死を自己決定できる領域を事例ごとに一歩一歩手探りで広げてきた。それは必要なことでもあった。医学の進歩によって延命措置に絶えず新たな選択肢が生まれ、生命維持がほぼ永久に可能になっているからだ。まさにそれゆえに、患者の意志が、事実か推定かはともかく死ぬことを求めているのであれば、生命維持と延命措置を行うことは禁止されることになった。進行中の治療は中止されなければならない。これは消極的臨死介助と呼ばれた。これは最初、瀕死期(ひんしき)にある場合に認められた。だがその後、死に直面しなくても、病気が不可逆な経過を辿(たど)る場合にも適用された。つまり死に際しての介助だけでなく、死に向けての介助も認められたのだ。その結果、二〇一〇年、連邦裁判所はこの消極的臨死介助が積極的な行動によって行われることも可とする英断を下した。

人工呼吸器を外したり、経腸栄養用のカテーテルを撤去したりすることは積極的な行動になるから、消極的臨死介助という概念では立ち行かなくなった。医事法で治療行為の断念と治療行為の中断が言及されるのは正しいことだ。

これと並行して、ドイツ連邦裁判所は間接的臨死介助を受け入れた。患者の命を縮めることがはっきりわかっていても、オピオイドといった鎮痛剤を高用量投与することが認められている。現代の緩和医療の可能性はこういう形の臨死介助を不要にしつつあるが、鎮痛剤投与の中止は命を長らえさせても短くはしない。だがこの問題に真摯に取り組んでいる緩和医療医はみな、特別なケースでは間接的臨死介助がいまだに必要だと認めている。これは刑法の解釈上、積極的臨死介助に相当するが、正当性があると考慮されている。その際、ドイツ連邦裁判所は人間の尊厳を根拠にしている。患者の意志の表明や推定意志に合致する、尊厳ある苦痛なき死は、すこしでも長く生かすために苦痛、とくに死ぬほどの痛みを与えることよりも上位の法益だとした。

人生の終末における自己決定の正当性を民主的に認めたのはドイツ連邦議会自体だった。二〇〇九年に、それまで患者の希望の状況証拠でしかなかった事前指示書に法的拘束力を認める決議をした。それ以降、患者はあらかじめ治療を受けるかどうか、受けるとしてもどのくらいの期間か、事細かく決めておくことが可能になった。付き添い人は事前指示書を受け取っておき、患者が自ら意志を伝えられなくなった場合、医師と病院あるいは介護施設に意志を伝える。すべてドイツ民法典第一九〇一a条第一項に記載されている。ドイツ連邦議会ではその際、瀕死期などでは事前指示書の法的拘束力を制限すべきだという提案もなされたが、そうした範囲制限は多数決で却下された。事前指示書は病気の種類、病期(ステージ)に関係なく尊重される、とドイツ民法典第一九〇一a条第三項にある。ドイツ連邦議会の立法上の判断は国民と意見をひとつにした。数多くのアンケートから明らかなように、人間は自分の人生の終わらせ方を他人に決められたくないのだ。

ドイツは自己決定による死に道をひらいた。臨死介助をめぐる法律のこうした変遷(へんせん)を振り返れば明白だろう。だがそこに二〇一五年十一月六日が来た。この日はドイツの法の歴史において、人生の終末における自己決定にとって暗黒の金曜日になった。

Ⅲ　業としての自死の介助の新たな可罰性

二〇一五年十一月六日、ドイツ連邦議会の過半数が、人生の終末における自己決定をめぐってこれまで辿ってきた道から離れる決定をした。この決定が家父長制的な考えに基づいていることは、すでに引用したドイツ連邦裁判所の過去の判断を見れば明らかだ。投票総数三百六十のうち二百三十三票、棄権九票で、ドイツ刑法史においてはじめて自死の幇助、つまり業として行われる自死の介助は罰せられることになった。

この法規は激しい反発を招いた。ドイツにおいて数百年つづく法の伝統を破ったのだ。その意味で歴史を無視している。一五三二年に神聖ローマ皇帝カール五世のもとで制定された帝国刑事法典「カロリナ刑事法典」以来、自死は犯罪行為ではなかった。自死の未遂も罰せられなかった。ドイツ帝国でも、多くの邦で自死の幇助が認められ、一八七一年からは全帝国領内でそうなった。

刑法の論理において、幇助が罰則の対象になるのが故意の犯罪行為があった場合に限られたのは不思議でもなんでもない。そうした主たる行為がなければ、幇助に当たらない。

これによって、不可罰である自死に可罰性のある幇助を行うことは解釈上不可能となった。刑法典第二一七条の制定に際し、立法府はこの法規との論理上の関連を無視した。

新しい罰則規定はまた刑法の憲法上の限界を考慮していない。罰則規定は他人あるいは公衆を保護する目的にしか適用できない。そういう場合にしか、比例原則においても、また総体としても禁固刑を正当化することはできない。だが死を望み、自死する者の生命は、他者への責任を伴わない場合、決して罰則規定を正当化する法益ではない。なぜなら自死する者は自己決定権を実現しているからだ。したがって、自死する者は自分の命について裁量することが許される。だから立法府は刑法典第二一七条によってなにも保護できない。

立法府が持ちだした危険は机上の空論でしかなく、現実生活において立証することはできない。病人や介護を必要とする者が自死を迫られる恐れがあるとか、近親者に負担を負わせるべきではないというが、こうした抗議は、消極的臨死介助を認めるかどうか論争したときからすでにいわれてきたことだ。だが当時、これらの抗議はどれひとつとして支持されなかった。自死へと誘導するのは難しい。スイスにおける自死を看取る事例にしても、自己決定を脅かした恐れを指摘できる例は少ない。その数はドイツの場合一から二パーセントでしかない。それに自死へと誘導したという確証もない。したがって刑法典第二一七条は違憲だといえる。

この新しい罰則規定はまた、医療倫理的にも深刻な影響を及ぼす。自死を希望する患者に寄り添う医師を可罰性の瀬戸際へと追いやり、強い不安を引き起こすだろう。なぜなら刑法典第二一七条にある「業」とはすべての医師を包含するからだ。一般的な言葉の理解とは違って、法令用語の「業」はビジネス、つまり利潤の追求とは違う。「業」とは、その行動をたとえそれがはじめてでも、反復される活動の一部とする者に当てはまる。しかし患者の自死に手を貸す医師は、そうした介助が職業生活において一度だけ、ひとりの患者に限ったとしても、検察を納得させることはできないだろう。したがって、立法府がこの条項に対して理由づけに付した、個別の案件で難しい葛藤が生じた場合、自死の介助は犯罪と見なされないという付帯事項は機能しないといえる。逆に緩和医療までが可罰性のリスクを帯びることになる。栄養摂取をやめる断食死の場合、緩和医療的な患者の看取りにならなくなるのではないかと緩和医療医のあいだで問題視されているのは無理からぬことだ。

自死を選択する可能性がある者はこうして、医師の元で看取られたり、ケアを受けたりする代わりに、見放されたと思うだろう。瀕死の者から目を背けることを医師に求めたヒポクラテスの時代と同じだ。だが医師こそが、まさに自死を選択する可能性がある者に共感をもって寄り添い、看取ることによって自死の願望を取り除ける立場にあるし、その能力を有している。このままでは、これら傷つきやすい人たちは凄惨な自死を選択せざるを得なくなるだろう。立法府は、自分の命を絶つのは構わないが、列車に飛び込んだり、高層ビルから飛び降りたり、首を吊ったりするしか方法がないという不幸なメッセージを発信している。

刑法典第二一七条の違憲性とそれがもたらす結果を適時に指摘したドイツ刑法学の専門家たちの言葉に、立法府は耳を貸さなかった。法曹界では希有(けう)なメッセージを発した百五十一人の刑法学教授は自死の幇助の可罰性に反対の立場を表明し、刑法典第二一七条は存置すべきでないとの疑義を呈した。その根拠は次のとおりだ。

Ⅳ 神と自死

神は新しい罰則規定とどういう関係にあるのだろう。神はそれほどでなくとも、キリスト教会のほうは大いに関係している。キリスト教会は、ドイツ基本法第一条の一般的人格権が第二条第二項との関連で人生の終末における自己決定をも含むという憲法上の考えに与しない。ヨーロッパ人権裁判所は、いつどうやって命を絶つかを決断する権利をすべての人が持つとしているが、これは神学上の世界像に合致しない。神学と臨死介助は対立関係にある。命は神の賜である以上、命の創造主、神の所有物であり、生死を決める権利があるのは神だけだというのが神学の立場だ。この伝統的な前提がいまも提示されつづけているが、実際にはすこしずつ変化してきている。生命が聖なるものであることに変わりはないが、神が人間に与えた、よりよき方向に配慮する心は、自己決定に対しても有効な原理だとされている。

もちろんどんなに真摯なものであっても、道徳的立場を刑法に反映させることはできない。なぜなら刑法が罰則という手段を使って道徳観を押しつけることは許されないからだ。多元的な共同体においては許容できないことだ。ドイツ国民の過半数（数字でいえば五十三パーセントから六十パーセントのあいだ）がキリスト教徒であったとしてもだ。生命、身体、所有物といった法益であるなら刑法を実行に移すことを受け入れられるが、道徳観では無理だ。

これは刑法が法秩序の最終手段でなければならず、他の秩序措置をすべて断念するしかないときにのみ実行することが許されるという認識と関連している。

したがって興味深いのは、自死の介助には可罰性があるというドイツ連邦議会の判断がキリスト教会の大きな影響下にあるという点だ。連邦議会の判断が刑法典第二一七条という形になった流れは、ドイツ・プロテスタント教会協議会の文章に記されている。「もし人が死を望むなら」と題した二〇〇八年の論考において、業としての自死の幇助の可罰性を射程に入れた法案への賛意が無条件で表明されている。のちにドイツ連邦保健大臣となるヘルマン・グレーエもこの文書に同調している。

教会では、このプロテスタント教会の立場をヘルマン・グレーエが逐一新しい刑法典第二一七条の罰則規定に反映させたとまことしやかに噂されている。百五十一人の刑法学教授はこうした影響に対しては打つ手がなかった。

V 展望

フェルディナント・フォン・シーラッハのこの劇と同様に、実世界ではこれからもこの問題に関する議論がつづくだろう。ドイツ連邦憲法裁判所が二〇二〇年二月二十六日の判断で中心的な論点に決着をつけたとしてもだ。その判断は百五十一人の刑法学教授の主張に準じて、刑法典第二一七条は違憲だとした。これによって議論は振り出しに戻った。連邦議会は自死の幇助をどこまで規定するか、その判断力と理性をもって明らかにしなければならない。もはや従来の可罰性に戻ることはありえないだろう。自己決定が人生の終末においても重要ならば、自死を介助したときの可罰性を廃したドイツの法の伝統に立ち返ることが望ましい。

著者紹介

ヘニング・ローゼナウはハレ＝ヴィッテンベルク大学の刑法、刑事訴訟法、医事法の講座担当教授兼医学・倫理・法学際研究センター所長。二〇一五年、エーリク・ヒルゲンドルフ教授と連名で刑法典第二一七条の導入に反対するドイツの刑法学教授たちの公開書簡（「計画されている死の介助の可罰性拡大に対するドイツの刑法学教授の意見表明」二〇一五年四月十五日）を起草した。

戯曲『神』はドイツ連邦共和国の憲法と刑法の規定を背景にして医師による自死（Suizid）の介助のあり方を問題にしている。二〇二〇年二月のドイツ連邦憲法裁判所の判断以降、法的状況はスイスと同様にリベラルなものとなった。ただし、オーストリアの法的状況は根本的にドイツ連邦憲法裁判所の判断以前のドイツに類似している。つまり医師による自死の介助はあいかわらず罰せられる（オーストリアでも二〇二二年一月一日、一定の条件下での安楽死と自死の介助を認める法令が施行された）。

解説

宮下洋一

二〇一五年末から現在までの約七年半に亘り、私は、世界各国で安楽死の取材を重ねてきた。外国人がスイスに赴き、幇助自殺を遂げる前日に話を聞き、翌朝ベッドに横たわって息を引き取る瞬間までの時間を何度かともにしてきた。

イギリス人老婦、スウェーデン人医師、ドイツ人元CA、そして日本人女性……。彼女たちの苦悩に耳を傾け、安楽死を見届けていく中で、私は、安楽死（Euthanasia）の語源である「良き死」が存在しうるのか、自問自答するようになった。

当初は、意図的に死期を早める人々の生き様を知り、彼らの最期に立ち会いながら、安楽死が美しく思えることもあったことは認めたい。だが、アメリカや日本での取材を重ねるごとに、私の心は揺れ動いていった。

しかし、何によって心が揺れ動いたのか――。複雑な要素が絡み、それらを言語化する作業は簡単でなかった。依然として、明確な答えは見つからない。世界中で、安楽死がこれほどまでに議論されるのも、その複雑な要素が根底にあるからだろう。

フェルディナント・フォン・シーラッハの戯曲『神』は、キリスト教徒でない私に、新たな視座を与える衝撃的な作品だった。第一幕では、安楽死を望む一人の老人の訴えが、法学、医学、哲学の領域へと広がり、後半は、神との関係性における議論が展開される。

第一幕の前半は、私自身の目と耳で捉えることができた科学的な世界だが、後半は、神という非科学的な世界で、容易に理解できるものではない。しかし、この後者の世界を閑却して安楽死を語ることは、欧米人にとっては意味を持たない。

登場人物たちは、多角的な視点で議論を進めていくが、著者のシーラッハが伝えようとする核心は、神との関係性における安楽死ではないか。この戯曲は、キリスト教信者のみならず、他宗教信者に対しても、安楽死の本質とは何かを問いかけている。

社会運動に発展しなかった日本

医師の介助により、致死薬を使って自死を遂げる行為（自殺幇助や積極的安楽死）を、私は「安楽死」と表現することにしている。ここ数年、その安楽死を認める国が急増している。

取材を開始した当初は、スイス、オランダ、ベルギー、ルクセンブルクを始め、アメリカの一部の州のみが、安楽死を容認する代表的な国や州として知られていた。しかし、二〇一六年以降、西洋諸国は次々と安楽死の法制化を実現した。

カナダ、ニュージーランド、オーストリア、スペイン、オーストラリア、イタリア、ドイツ、そしてポルトガル。フランスも、二〇二三年末までに安楽死法の可決を目指している。こうした国々に共通する社会現象に「少子高齢化」が挙げられ、発展途上国では、安楽死を求める声が上がらない。つまり、多死社会を迎えている先進国を中心に、「死ぬ権利」への関心が高まっているのだ。

言うまでもなく、長寿大国の日本でも、安楽死の法制化を望む人々がいる。だが、日本社会において、医療行為による命の終結は相応しいのか。安楽死は、唐突に生まれた制度ではない。容認国には、「死ぬ権利」を勝ち取るための長い歴史があったことを忘れてはならない。

例えば、スイスでは、十九世紀から自殺を犯罪とみなしておらず、自殺を望む人々に手を貸しても「共犯者」にならなかった。ただし、刑法百十五条では、「利己的な動機で、他人の自殺を誘導・手助けした者は罰せられる」と定めている。

一九八一年には「死の自己決定権会議」が開かれ、その翌年、世界初の自殺幇助団体「エグジット」が設立される。医師が特権的に与えてきた治療の決定権を、患者のもとに帰する運動へと発展していった。

　オランダでは、安楽死法制化への道のりは長く、険しかった。きっかけは、一九七一年に発生した「ポストマ医師安楽死事件」だった。脳溢血で倒れた実母に対し、娘のポストマ医師が二百ミリグラムのモルヒネを打ち、死に至らせてしまう。起訴された医師は、国民の同情や支持を集め、安楽死を肯定する運動に火がついた。

　一九七三年、「オランダ安楽死協会」（ＮＶＶＥ）が設立され、「医師による自発的安楽死の実施を法的に容認」する社会運動が始まる。二〇〇一年、「要請に基づく生命の終焉ならびに自殺融助法」が制定され、翌年に施行された。

　高度経済成長、高度医療技術の発展、少子高齢化といった先進国共通の社会現象を経験すれば、「死ぬ権利」を求める声が必然的に生まれてくる。ならば、日本も同様の権利獲得に向けた動きが出てもおかしくなかったのではないか。医師が関与した事件や論争は、日本でも実際に起きている。

　東海大学医学部付属病院や川崎協同病院などで、医師が断末魔の患者に筋弛緩剤等を投与し、死亡させた事件が九〇年代に発生し、世界的にも注目された。しかし、医師に対する刑罰は下されたものの、社会的な運動には発展しなかった。
それはなぜか。欧米人との明らかな違いは、結局、宗教に基づく死の概念が異なるためであろう。先進国共通の社会現象があるだけでは、安楽死法制化への道に向かわないことを示している。

法の拡大解釈という問題

安楽死とは本来、苦痛を和らげる方法が他になく、死期を早めて苦しい時間を短くするしかないなど、切迫した状況を前提に行われていた。静岡大学の松田純名誉教授は、著書『安楽死・尊厳死の現在』（中公新書）の中で、それを「古典的な安楽死」と名付けている。

ところが、この二十年ほどの間に、西洋諸国ではそのような目的とはほど遠い変化が訪れている。直接的に死に至ることのない精神・神経疾患患者の安楽死が、年々、増加傾向にある。いわゆる、当初から懸念されていた「滑り坂理論」の問題である。『神』の中では、同理論についての言及はないが、「ナチ」の歴史の一部を紹介することで、安楽死が「拡大解釈」されていく問題を振り返っている。シーラッハは、次のように書く。

〈ナチによる犯罪は小さなところからはじまって肥大化した。最初は医師の基本姿勢をさりげなく変化させただけだった。生きる価値がない状況が存在するという安楽死運動の基本的な考え方のニュアンスを変えていった。初期段階では重病者と慢性病者だけが対象だったが、範囲が徐々に拡大され、社会的に生産性のない者、イデオロギー的に望ましくない者、人種的に歓迎されざる者が加えられていった〉

いかなる法においても「拡大解釈」が生まれることは避けられない。しかし、「生か死か」の二者択一を迫る法には慎重になるべきだ。この「ナチ」のエピソードは、一見極端なようだが、そうとも限らない。

多くの安楽死事例を見てきた私は、法制化がもたらすリスクの数々を学んだ。スイスやベルギーでは、精神疾患患者を安楽死させた医師が起訴され、最高裁まで闘う事件が起きている。アメリカでは、自殺幇助されて死ぬことを決意した女性が医師に反対され、治療を受けることで癌を克服した。彼女は、二十三年経った現在も健全で、死を急いだ当時の決断を後悔している。

二〇二一年六月に安楽死法が施行されたスペインでは、銃撃事件を起こした被疑者が法廷で裁かれる前に安楽死を実現した。また、同国で筋萎縮性側索硬化症（ＡＬ

S）を患うある患者は、制度が導入されて以降、次々とALS患者たちが旅立っていく様子を嘆いている。

先に挙げたスイス最大の自殺幇助団体「エグジット」では、二〇一九年、複合疾患を患う高齢者の安楽死の数が、癌患者の数を上回った。フランス映画の巨匠、ジャン＝リュック・ゴダール監督も、「生きることに疲れた」との理由から二〇二二年九月、スイスにある家で安楽死を決行し、九十一年の生涯に幕を閉じている。

つまり、「古典的」でなく、「現代的」な安楽死がますます常態化しているといえる。『神』の主人公であるゲルトナーは、妻を亡くしたことで生きる気力を失い、安楽死を切望する。オランダやベルギーなどでは、このゲルトナーのような苦悩を回避させるため、昨今、「夫婦同時安楽死」を平然と遂行するようになった。一方が健康でも、安楽死が認められた伴侶と同時に旅立つことができるのだ。

「良き死」は存在しない

日本人が『神』から推察できることは何か。それはおそらく、西洋諸国が捉える「死ぬ権利」について、日本人が同じ土俵で語ることは難しいという現実ではないだろうか。現代の西洋的な価値観と宗教観に基づくのであれば、安楽死は必ずしも否定されるべきではないのかもしれない。

彼らは、公然と「死ぬ権利」を主張するように、個が尊重される社会で生きている。言い換えれば、個人が選択する死が憚(はばか)られることも少ないということになる。それに対し日本は、「死ぬ権利」はおろか、自己決定そのものが難しい社会だ。ここに西洋と日本の確たる差がある。

シーラッハは、こうした西洋社会でこそ生まれる「死ぬ権利」を非科学的な世界と科学的な世界で対比させ、議論を広げていく。ティール司教は、「命は神の賜(たまもの)」であり、「生きるか死ぬかを決められるのは神だけだ」と主張し、安楽死を否定する。

だが、これに対抗するビーグラー弁護士は、命は神からの贈りものではないとの姿勢を崩さず、第二幕では「どう生きて死ぬかの決定を委ねられているのは人間自身」と断言する。ドイツ連邦憲法裁判所が判断した安楽死の容認は、それ故(ゆえ)に正しいというのが弁護士の結論だ。

西洋社会では、「個人」の生き方が安楽死議論の中核になっており、むしろ「集団」における生き方を尊重する日本では、論点が食い違ってくる。日本人への取材で実感した最大の差は、周囲のサポート次第では安楽死を必要としない場合があること。言わば、安楽死を選ぶ動機は、肉体的というよりも、精神的苦痛に耐えられないからだと思えた。

また、安楽死を行うための条件のひとつに「患者本人の明確な意思」というものがある。他人への気遣いや迷惑を気にする日本の文化の下では、自分ではなく周りの人たちのために安楽死に逃れようとする人たちも出てくるに違いない。だとすれば、日本での法制化には、諸外国とは異なるリスクが伴ってくる。

安楽死には、その響きからは想像できない闇がある。患者だけでなく、医師や家族も納得できる最期の選択肢のひとつが安楽死であると断定するには、まだしばらくの年月が必要になるだろう。宗教的な壁を乗り越えながら、「死ぬ権利」を勝ち取った西洋諸国の制度を真似たとしても、宗教も文化も異なる日本では、想定外の悲劇が生じる可能性が高い。

現時点で重要なことは、日本独自の死生観を探究することではないか。安楽死の是非論は、その理解を深めた上でようやく始まる。人には人それぞれの生き方があり、死に方がある。誰もが納得できる「良き死」など、実際はどこにも存在しないのではないだろうか。

GOTT by Ferdinand von Schirach

This edition is published by TOKYO SOGENSHA Co., Ltd.
Published by arrangement with Marcel Hartges Literatur- und Filmagentur
through Meike Marx Literary Agency, Japan

神

著　者　フェルディナント・フォン・シーラッハ
訳　者　酒寄進一

2023年9月8日　初版

発行者　渋谷健太郎
発行所　（株）東京創元社
〒162-0814　東京都新宿区新小川町1-5
電話　03-3268-8231（代）
URL　http://www.tsogen.co.jp
装　幀　森田恭行（キガミッツ）
印　刷　萩原印刷
製　本　加藤製本

乱丁・落丁本は、ご面倒ですが小社までご送付ください。
送料小社負担にてお取替えいたします。

Printed in Japan
ISBN978-4-488-01129-1 C0097

CIVILIZATIONS * LAURENT BINET

アカデミー・フランセーズ小説大賞受賞作

文明交錯

ローラン・ビネ　橘明美 訳

インカ帝国がスペインにあっけなく征服されてしまったのは、彼らが鉄、銃、馬、そして病原菌に対する免疫をもっていなかったからと言われている。しかし、もしもインカの人々がそれらをもっていたとして、インカ帝国がスペインを征服していたとしたら……ヨーロッパは、世界はどう変わっていただろうか？『HHhH――プラハ、1942年』と『言語の七番目の機能』で、世界中の読書人を驚倒させた著者が贈る、驚愕の歴史改変小説！

▶今読むべき小説を一冊選ぶならこれだ。――NPR
▶驚くべき面白さ……歴史をくつがえす途轍もない物語。――「ガーディアン」
▶これまでのところ、本書が彼の最高傑作だ。――「ザ・テレグラフ」
▶卓越したストーリーテラーによる、歴史改変の大胆でスリリングな試み。――「フィナンシャル・タイムズ」

四六判上製